丝绒陨 著

遇见你，而后有悬崖

丝绒陨
诗集

广西师范大学出版社

·桂林·

惊奇 wonder BOOKS

遇见你，而后有悬崖　　　　出版统筹　周昀　｜　责任编辑　叶子
YUJIAN NI, ERHOU YOU XUANYA　　特约编辑　黄建树　｜　封面设计　M^{oo} Design

图书在版编目 (CIP) 数据

遇见你，而后有悬崖：丝绒陨诗集 / 丝绒陨著 . --
桂林：广西师范大学出版社，2022.10（2025.1 重印）
　ISBN 978-7-5598-5437-7

Ⅰ . ①遇… Ⅱ . ①丝… Ⅲ . ①诗集 - 中国 - 当代
Ⅳ . ① I227

中国版本图书馆 CIP 数据核字 (2022) 第 176285 号

出版发行　广西师范大学出版社
　　　　　地址：广西桂林市五里店路 9 号
　　　　　邮编：541004
　　　　　网址：www.bbtpress.com

出版人　黄轩庄
经销　　全国新华书店
发行热线　010-64284815
印刷　　山东临沂新华印刷物流集团有限责任公司
　　　　地址：山东临沂高新技术产业开发区工业北路东段
　　　　邮编：276017

开本　　787mm × 1092mm　1/32
印张　　9.375
字数　　124 千字
版次　　2022 年 10 月第 1 版
印次　　2025 年 1 月第 3 次印刷
定价　　58.00 元

如发现印装质量问题，影响阅读，请与出版社发行部门联系调换。

目　录

2018

旋地

所有下雨的清晨

我回旋

词语被收集起来

任意取用

人生的许多光景远去

梅子酿成酒

我言语的一部分正佝偻着

在四月的空气中

秘密地发酵

哦，餐厅里

别的什么人的青春——

餐叉碰撞瓷盘的声响

秘密流转。我在餐桌上

接连吐出果核——

一个不合时宜的、出丑的人

天花板下，邻座陌生人的言语
钻入侍应生制服的褶子
人们热络切磋卖弄的技艺

一颗果核坠入盘中
声音如磐石

想起岸上的许多人
游泳馆里氯的味道

在中年生活到来之前
洪水来临之前
河边的一切都温顺

离别那么静寂
我们置身绝地

2018 年 4 月 8 日

周末在咖啡店

汽车迟迟没有发动，事情
已告终结。在街角，相连的两人
在交叠的影中谈论光圈

这瘦弱的两人
把他们颀长的手臂
嫁接到彼此身上

夜晚将烘烤出一个个形状
洞穴内的优雅热情不停减退
事物的蓝色渗入呼吸

甚至我们说
"孤独使得一切辽远……"
众多酒后的歌声纷纷翻越小丘走来

甚至听见某种徒步的古老声响

汽车迟迟没有发动，垒在街边

一座座小墓园……

窃语之后，相谈的两人

合并为一种守丧般的

静默：给逝者的果实

2018 年 5 月 6 日

疗伤圣地速写

推向我，造成迅速的
悬崖。在此空虚之下，内心的裂口
以何种物质可以填充？

栗子蛋糕的香甜、纸牌的排序
游客照、红帽小女孩的笑
我们的事故演习

爱情成为一具具标本
是后来的事，或街边商店里
模特脖颈上展示的吊饰

时而打橱窗前过而忽略这些
又一年我们动身去疗伤圣地避暑
絮叨的海浪引发
一连串归结于回忆的哀伤

我们曾在此处

我们曾在此处

笑声像浪尖的白沫刺向海滩

转眼又稀释

事物的消逝不正是比拟着

我们的消逝吗？卖花的小女孩

被巨浪掀翻，在她的哭声里

买下一束将死之花

2018 年 5 月 6 日

夜船

白的岸，天色返青

负担着风的木房子不稳

一些鱼翻身入海。我们偶尔隔着

小小的迷雾探望彼此

如树木之间拱守的静默。随后

是河上缓缓而下的

夜船，遵循那亡灵般的

流速，在昏黄的礼仪中

修剪出一种古老形状

迟的雨里，存留着

某种钝器的鸣响

并无其他。我们说并无其他

陌生的河。平实说话

成为气流的枢纽

事物各自怀有无言的重量

经由寂静远途

遁入寒夏的一颗星子

2018 年 5 月 11 日

回到遗忘的场所

回到遗忘的场所
至于很多宁静，很多凝结的
眼泪。我们的雾，我们不会回来
小小的、在道旁尚未长成的塔松
更多的人涌向海滨，度过漫长的夏天

医生治愈说谎的人——
仅仅依靠一阵静默。观众又一次
驱散了剧场里的人。舞台现在空着
一排排座椅，就像一队哑巴在
葬礼上发言，翻着领子

现在，这乏味的聚会
如陪审团的寂静。喝彩声很远
你和风又一次说着同样重要的话
很多人在这世上受苦
很多动物。比照着

风景的感伤

而我们必须赞美尘土
紧随某人的脚步声走在上面
查验鞋底的泥沙，揭开伤疤
——我们踏入时日的小径
眼看果实胀满
眼看枝叶慌张

在这世上
你我究竟品尝过何种滋味？

2018 年 6 月 20 日

下午三到五时的我

1

去动物园没有看见豹子
等于没有去

买一枝花，卖花的小女孩
没钱找零

咖啡馆里冷气太足
只好烧掉自己
取暖

2

栏杆掉漆。被水浸过的
纸张上字迹模糊

驾驶一辆衰老的车
在空旷的大街掉头

不惧怕深渊，深渊有
深渊布鲁斯

3

节日不再盛大。人们依旧
形单影只，在花园的某处
嚎叫

旅行中我爱上的某个人
如今也在某处旅行吧

4

人群里，盯着我看的小女孩
恰好踩在我的影子上

不动

像河流底部的

某种安静

暑气中的小女孩

一枚红色小图钉

把我固定在人行道边

2018 年 6 月 23 日

西坝河

猛兽的门笼虚掩
街道尽头很快传来脏污的
声响。脸孔被孩子们牵出
一阵暗影唤醒小声走动的人

事情并不顺利
野猫并不被禁止流浪
我们共同的朋友已经死去
我们在同个房间里默默吃食

为了保持事物的模样
我们持有速写般的回忆
要让火焰久久燃烧实在不易
要让果实落地，并永葆新鲜

常常，我们回到他蓝色的
名叫遗忘的家中，发现

书本堆放在原来的位置

一张张脸悬在墙上，似有呼吸

一个句子紧贴着另一个句子

向纸页的一端爬行

阳光仍会在隐秘的时刻

照入，屋内总是遍洒金黄

窗外，奔涌着交通

仅凭目光无法测定河水的

流速。我们共同的朋友仍然长久地

坐在那里，如窗边略显臃肿的皮箱

2018 年 7 月 7 日

探测仪

黑暗的房间里

我们相对不语

你的叹息声

探测到我

又折回

你如今是否已十分确定

我所在的位置?

你投入我的目光

穿过我

如穿过一阵

紧致的沉默

然后贴着我身后的墙沿

独自返回

你是否已有察觉

我会从什么地方消失?

2018 年 7 月 7 日

夜间活动

打开一个不存在的文件

模仿一位杰出的人夸夸其谈

薄暮将至。露水消失在

露水形成的轨迹上

早晨，我们在长久的睡眠后

醒来。寡居在旅馆的空屋

已有些时日，青苔蔓长

斜阳屡次轻慢地造访

又涌出。与我们有关的一段时间

变短，又变长——

超出我们，或在我们身后

被另外的时间驱赶着

——作为一种丈量

并无规律可循，乐曲不断

变奏，久远的记忆造成

一阵空白的呼喊

市场上的幽灵低得

像云，伸手摸得到

宁静夹带着狐疑

示廊灯使窒息的空气

变得明朗。偶尔静电产生

展示我们衣物的孤独

走廊尽头即便悄无声息

也令人隐隐害怕

我们之间或许有暗道连通？

联结我们的最初是一团雾气

现在，一个词语

或两个，短促

又迅捷，像夜间的小动物

从地下道蹿出，飞快地

牵掣我们目光的集合

2018 年 7 月 26 日

去年在海滨疗养所

去年我和鸽子患同一种病

从药房回来的路上

我的脸被风揭开

谜底纷纷落逃。路灯偶尔展示

另一重情色。人类在暗掉的窗帘后面

窥视——仿佛耐阴的植株，长久保持着

探望的姿势。还没有习惯

事物在小路上叫嚣消退的节奏

台风总肆意改变轨迹。焦急的小贩

隐没于街市尽头；小小的、本不该

抱有热望的期待……

多少次预演，败坏了

对于明日的兴致。还没有习惯

这城市多情的气候，尽管我

一直是使它呼吸变得艰难的

那一部分。需要更加从容地

走在微光上面，人们恰好

招致自己的厌恶。在花坛里

广告布的麦田里，向似曾相识的街区

招手。向陌生人问路

多少令人感到慌张（这些异乡人的举动

——尚不习惯像渡者那样

为人指引方向 ）从内部开始

一个终点不断地推远，终于看见

一个人驮着希望的结晶

吃力走动；看见水的流速

冰融入水，又往水里投入

新的冰——一种孤独很快稀释

另外一种。音乐浇筑夜晚的不同结构

不由分说，仲夏过气的暑热终于逼退

去往海滨度假的一家人

重新凝结在热浪里的一家人

笑着，跳着；而后在空荡荡的

疗养所大厅里默默用餐

杯碟响动所含有的那种无意义的警醒

仿佛正是为了再一次破碎

2018 年 8 月 13 日

禁猎区

百木秋分。道旁的小兽
埋伏，悄没声形

光亮正慢慢减少
夜晚恢复了
夜视者的活力

在疲劳的河里划桨
在一个人没有边境的内心
事物彼此需要——

火，灰烬彼此需要；
林间空地与推搡的树影
彼此需要；猎物与猎人

日复一日我们遭虚构的盗猎者
追赶；暴雨过后，独自在家中
烤火，饮酒，摇铃，痛哭

2018 年 9 月 29 日

很多人已经看过海了

这么说，很多人已经

看过海了

有的人说颜色很深

有的人说颜色尚浅

很多人骑着骡子

在破碎的眼镜片里

看过海了

在珊瑚和海洋纪念品里

在集邮册和标本夹中间

在玻片上和鱼一起

看过海了

在病室，探视的目光

几近疲倦。我们

不是唯一

在病房外的走廊上

看过海了

此刻，我们更需要光照

需要不多的问候

我们在一次次被命名为

临终告别的叹息里

目送那些裸泳者

只身游往黑暗

在距死亡仅几公分处

我们看过海了

咳嗽声阵阵

很多人说病情加重

很多人说病情减轻

听见喘息。在午夜的轻颂

在相邻者的沉默里

我们看过海了

这么说，很多人

已经看过海了

在望远镜里，在内陆

折叠的风景

和故事里

永远以同一种语调

无意义地复述

海的静默一面

在简陋的旅行期间

在行将破裂的爱情里

我们看过海了

另一个下午，乘索道上山

我们分别俯瞰山谷里

破旧的人世

星星点点的光

缀满苍翠浪尖

2018 年 10 月 4 日

两天

天将盲，大海无音，夜雨呜咽
熄灭了，那遥远的火堆，荒野上
尚无树木知晓我们的名字

终于有了动静——我们起身
走向风景，就像一次次走在心中
极寒之地，马儿被驱使走在沼泽地

我们深知，"更美丽的，也更残酷"
但昨夜的雾不能醒酒，昨夜的
笑声，如今已成揶揄

偶尔在风中，我们重又拾起
失落的生活。丧气的话
已说了太多

最初的荒蛮过后

一天，很矮

一天，很爱很爱

2018 年 10 月 10 日

晚秋，眼泪

平行的眼泪，在混凝土
浇筑而成的脸庞上变得干冷
如何描述消逝的印迹？仿造那
不再流动，逃逸与死亡的情状？

纯然地，我们相聚
在无光的生活，出于偶然
野外生火，令树林重获活力
眺望大海，或收拾屋子

我们出门，去深湖游泳
不连贯地换气，尝试触底
将在一种沉默中学习
某种失传的语言

"我们长久地欢笑
也流了些眼泪。"凝固——

尤其短暂的热情，曾沐浴着
梦的光辉，如今冷却了……

这是我们的记忆
从动物的年代开始，穿过密室
穿过舞厅交叠的光。错愕于
倾向于你的，许多白中的一种

交换眼泪，成为河流之外的
河流。从眼泪里提炼往日的
点点悲欣。秋天多么短暂
我们将创造寒冬的记忆

2018 年 10 月 16 日

在台北车站

内心的车站竣工

关于消失的盛大集合

落成。我们始终匆匆忙忙

衣履单薄坐在旁人中间

搜寻大厅的钟表。不住翻转的

脸，似刚刚离岸的驳船

带着航行的尾迹

"请问，您是要去别处吗？"

有人刚刚道别

留下水洼，在我们轻而浮动的

脸上，倒映着云朵的幻象

更柔软地呼吸——

行李须妥当地放置，与身体并列

并且不再有其他了

不再感受到重量，感到绳索

如长久的疲倦擒困

一个旅人。依次展现

风暴过后的耐心

无端的失语，中年的宵禁

相比年轻时总在出发、出发

现在他们总是回来

如悬案的真凶

2018 年 11 月 15 日

酒宴后感伤

彼时，一切尚不致哀伤
已逝的事物依然年轻
内心的索道清空，以示孤独

以静默争辩。抵达某处
或途中折返。狐疑的小步缓缓
迈入残阳的暖光带

示廓灯勾勒出花粉的
颤栗。暗示那蔓生久长
我们携带朽坏的记忆潜行

在一种孤独里面我们适合看见
凝脂与封蜡。需要我们
拾掇宴后的狼藉

训练自己兼备羔羊的修养

身体里的雪慢慢融化

又一次在镜前看见

人类虚弱的礼仪。感激不幸

旅行中指认我们中间

永久的陌生人

2018 年 11 月 23 日

银座

——给爱丽丝

久违的言语终归静默
热烈消逝了……
为过去的年月画悲伤的小幅肖像
是愚蠢的

看着你，我可以猜谜
可感的时刻一切不可触摸
写生，目光套索轮廓。现在
盲者可以看见了

但不可看见更多
不可为阴天填充雨水
不可为素描填充色彩
不可为尚未发生填充回忆

引领我，步上光芒顶端
承受唯一一种重量

和体外的寒冷。紧裹着风

我走向一阵美丽的颤栗

海面向海，岛屿交流

词语的交叉部分尤其脆弱

夜空中的草疯狂旋舞。拥抱后转身

——人海的填空游戏

意味着，这里必将归于失落

花火辉映夜空

旋即冷寂。人声疏远

徒余长久的生活

我将梦见失神的时刻

一次次我梦见，裸火照亮雪国

严冬里的风餐者；在月亮下面

被爱轻轻拴住的，两人中的一人

2018 年 12 月 3 日

走向真实的时刻

房间下面的海。有人叫喊
光源随之四处游移。树木与瓷砖芬芳
秘密不再被管束，我们交换影子
在远光灯下走来走去

那是一个已被判定死亡的夏天
酒徒们不忌讳暗夜到来
盗汗者向彻夜失眠的同伴
描绘心灵内部枯朽的风景

手臂中空而摆荡
眼睛似果核埋入深壤
躯体是一具回响着风的
盛大残骸；埙在雨夜廊外呜呜

而后，我们在某处隐蔽生长
在更漫长的孤寂里生活

没有人走进房间。于是尝试
向镜子里的人告别

这是冬日，房间里保持长久的昏暗
航船时而坠入两片惊涛之间的深渊
传递餐食，用餐刀切开绵长的句子
读唇语，以静默相谈甚欢……

只要在走向真实的时刻
杯碟与食物之间就小心维持距离
只要走向无尽的世界，就目送
一位周身黑暗的朋友遁入火光

2018 年 12 月 3 日

游泳艺术

我们游泳

我们赤身在边缘

找寻边缘的界限

像光不能创造光

我们不能创造彼此

现在，如此渴望

掌握一门仅属于两人的语言

我们渴望——

肢体伸展，跟随波流

划出漂亮的弧线。现在我们

置身永续的荒野

注意到一门力的艺术

或来自生存内部

久远的回声。而痛苦会消散

不会波及更多；很快

会感到手脚酸胀

肌肉疲乏，又一次依托于彼此

交叠在水光里，如一枚

新造的象形文字，以拥抱勘定

身体的边界。一种交流的渴望

再次创造了我们。渴望

在雨中交谈——

哪怕焦黑，哪怕静默

2018 年 12 月 4 日

租客人生

你，我

租住在同个世上

尽管，河流几经改道

车辙转向，道路两侧的风景

悄然变换。昏昏欲睡者

如今夜夜失眠

大厦建起又推倒

机会错失；公园当年的设施

已然陈旧。劝业场挤满

失落的贵族

我所凝视的花火又一次

堕入微暗

你，我

——这世上的租客

"白鸟啖松雪，返身入密林"

迷雾中合奏。直到我们

凭借耳朵对声音的

微弱判断

搜寻到彼此，在一段

黑暗的隧道里

互闪大灯

如引身向火的

蛾子，一次次

被光芒灼伤

你，我

由不同的年岁而来

交汇于此，各自拥有

日夜更迭的生活

渴望同你交谈

用尽气力

——把我的重量全部押在

一个尚未抵达你的

词语上面

2018 年 12 月 11 日

我所遗忘的生活

远处是浮想的海，近处是室内
壶中水沸腾，雾气蒙窗
屋外，树枝裸露于严寒

远去的岸，每日损耗的粮食
在我们之间时而游动着
种种消逝的事物

每个早晨，我们不再感到哀伤
昨日买回的花，空置的器皿
木屐，织物——

与我共处一室，呼吸
分担沉重的叹息，或聚会时
短暂的笑声。倾听
夜晚室内空气的流动

忽然具备某种奇异的庄严

它们，是我作为人之外的存在

将在我身后长久地活着

携带着关于我的稀薄记忆

2018 年 12 月 13 日

最后一次

当然

不是最后一次搬家

不是最后一次酒局且喝醉

不是最后一次

成为他人一点痛苦的

源头。至于节日、松塔和冬天

星期三、一首旧情歌和下午五时三刻

都不是最后一次

理发，去窗边观看日落，误航班，热感冒

不是最后一次

给逝去者献上的花束

也不是

因为有岸，河流才成为河流

天空在水镜中

看见自己

漫漫长夜，我们向着幽暗的火光

闭目而行

不是最后一次

恶作剧，谎言，衰老，不是

一场爱情走向碎裂，不是

天空漠白，转而玫瑰色

悬崖移动，土壤污染，雨水让大地

又一次变得湿润……

或盛夏里命仅七日的蝉声

不是最后一次

人在荒野上走，人住在风里

人变形，失去他一部分的重量

植物栽种在盆内

尚未对生活感到厌倦

我们交谈，倾尽全力

这不是最后一次

随着年月加深

我们成为葬礼上的常客

橱窗里面总有无法触碰的

生活之静默

你是在我之前的海

你是雷霆万钧

也是空山静寂

室内乐忽然演奏起来的时刻

想象中我牵起你的手

下到舞池……

但愿是最后一次，我们相识

但不是最后一次

不是

2018 年 12 月 17 日

一个旅程

去空地上跳舞
去草的心上划出
四方形的小伤

乘当日最后一班公车返回
反方向的郊区。道旁树苍白
礼节性地脱帽退去

昨日的光芒偷走了昨日的影子
事物孤绝于此，命定黑暗
当果肉因水分减少而更甜蜜

雨后，与试舞者简要会话
与尘世上静悄悄的人
交换心

不再问卜，休憩于阔叶林的

真实；汽车上的电子钟

造成另外一种时间

2018 年 12 月 18 日

2019

我的影子跟别人回家了

我的影子

跟另一个人回家了

可能就在附近，步行可达的某条街上

我打电话给他，央求他回来

可始终忙音，或干脆无人接听

我曾试图去寻找，但当我

向人打听——大家以为我疯了

（忙碌者不屑于抽空低头

检查一个眼见的事实）

起初，我以为只是玩笑罢了

一个短暂的闹剧，对于漫长生活的

小调剂，或他对于我的怒气

——近来天气潮湿

雨，阴霾，加之我又不常

出门去有光处活动。这么说吧

我已渐渐习惯肉身的孤独——

不太需要来自他人的温暖

乐得窝在家里

读书，看电影，在黑暗里听音乐

时常，我下厨，吃独食

甚至不比往常——近来连与自己交谈

都渐稀少……我看见枯旱季节里的石头

暴露在河床。一次次我对着空气

念叨，语气浮游。毕竟当我

在晴朗的天气，多少振作起来

出门与朋友会面——没有影子

总会令人生疑，以至于

我要挑挑拣拣走在无光地带

以至于我要选黑漆漆的场所见面

成为一个在他人眼中

有怪癖之人

以至于——

我将长久地抛锚于暗夜

在一个个梦中我搭建

辉煌的宴会厅，布置室内光源

像伊卡洛斯飞往光芒之巅那样

准确地站在大厅中央光芒交汇之处

现在，封蜡融化

我躺下来，成为我的影子

我温顺地躺在那里，躺在

我影子的轮廓里

风干，向每个可能的方向

伸伸我的手，以确认自己存在

闭上眼睛，任由闯入大厅的人踩踏

无论是惊慌的快步

或美妙的舞步

无论是重，是轻，是响声

还是静默——

当他们踩痛我，我承受

事出有因，相比从前

也还是没有太多变化

在几个世纪以来的尘土上

在荒野，再次与我的影子结伴

融入生活的清澈与危险

2019 年 1 月 3 日

多重风景

那时梦呓，对你

讲过不少。有时你甚至也要

仿制一二，正如同我对自我拙劣的

仿制——一副副剥落的面具

我的胳膊被暗力拉拽

但不疼痛。我张口

总保持无言的奇异

我闭目，望入路的远

望入人纷纷流动的轨迹，仿佛很快

便会汇入其中。很快感到疲乏

我依托于语言，每次都蜻蜓般

悬停于雨前的低空，意味着

休息在已经逝去的风景

衣物将变旧，人变长久

甚至躺在某种切肤的柔软里

燃着一团火焰，彻夜浮游有如白鸦

摸身体上的某个小疙瘩，反复触摸

如同对钝感的反复提纯

但并不达到极致。我用力

拔开瓶塞，那个瞬间——

一切吵嚷消停了

车辆剐伤，村庄变得形单影只

一两只小兽爬上怪梦之丘

很快那无意义的等待演变成

对于时间本身的争辩

很快，变成人的一面

对于另一面的吹嘘

或藏掖。钟表追逐着彼此的

脚步……铁狮子坟乃大静默之地

午夜埋藏往昔失落的笑声

我们，这些漫无目的的轻骑兵

在夜晚的边缘对世界

定名，定量

唯有对自己

俱不可定

2019 年 1 月 12 日

慢慢松弛下来

我们遗失了大部分星图
走进窄巷，并肩笼着夜的纱
试图劝说悲观者——
世界正变得辽阔

一阵雾，淹没了昨日的母亲
古木气息里精巧的编织法
那些孤儿的心动

我，不——我们
一天到晚赌羊落泪的人
梦中盗汗。在田垄上赛跑
高举着风的旗

现在我们已不再执迷于
捡拾行进过程中
从身体脱落的部分

不时还需要浸没于清冷的

光辉。胸怀弹簧一样的雄心

感受到的力量并不均匀——

在时间面前，慢慢松弛下来

2019 年 1 月 17 日

而后浪

遇见你

而后有悬崖

而后有夜晚与夜晚之分别

有烛火惺忪和万物生长

又凋零

而后有百种颜色

千种变化

超然人群之外

有独立的两人宇宙

而后有失落有困惑有纠纠纷纷

而后有四季之外

新的四季

有常

有无常

如梦如死灰

烟雾里蔓延至萧索

而后有注目消逝事物的可能

而后有肇事者逃逸

而后悔

而后海

而后浪

2019 年 1 月 22 日

探访时间

多刺的下午

我们坐在审讯室的阳光里

彼此问询。曾经我们赞颂的风景

又一次无缘无故掠过

如同温柔的谬误我们封存

在记忆中。一时语塞

但仍然,也必须要问

植物还活着吗?

信件丢失了吗?

上一次通话时的一阵空白

究竟是怎么回事?你还记得

七年前的一个晚上我从你家出来

一个人走了很久很久吗?

(那时我还爱你,现在也爱)

我们面对面坐着

只是坐着

仿佛沉默竞赛的对峙双方

仿佛隔着不可逾越的屏障

以眼神触抵彼此

加湿器里的水还能维持

十五分钟。我们转身

走回各自的囚房

走回世界坍塌的两端

2019 年 1 月 23 日

"一起去看篝火，好吗？"

1

我往南走

我的身体也往南

反之亦然

2

肿着眼睛

在哭喊的风里

听死去的昆虫的歌

成捆、成束的风

跳奇怪、热烈的舞

又捣毁野地里

疲倦者的

酣睡

3

不知疲倦的鸟

就在这风里歇脚

每一个

都单独

每一个

都不愿

去这荒凉里

聚会

4

风讲述

风编造

草与动物尸骸的记忆

一世

另一世

不可再以孤零零的露水比拟

来来回回我们走着

轻而慢，像走在

消失的道路上

边壮游，边枯萎

常常从无形的事物上

发现自己的影子

5

拙劣的、仿造的爱

在恐惧的源头形成

一阵亲密的匮乏

现在我们仍然

用某种爱的填充物

去冒犯美丽的人们

6

张口

沉默

想起他给你的

最后一句话：

"一起去看篝火，好吗？"

何时？

何地？

谁是那篝火？

2019 年 1 月 25 日

变奏曲

并不是为了显得孤独
才走向荒野
走向人海之深
不是为了变得辽阔而感伤

并不是为了成为
日落时分的一个背影
一个微拱起的，被光芒镀色的
人形轮廓

并不是想要孤独才一个人旅行
不是为了独占海边的花火
骤然消逝的花期，或一次
整点敲钟祈福

并不是想向回声索取回声
不是想要与人群久久疏远

才贴在猫眼后面凝视，不是为了
一个人在岸上复沓、回旋

只是在一天里走神的某一刻
忽然置身树林中间
隐秘的某处——

移动，则成为刚刚拂过树枝的风
立定，则成为填补树林空白的
树林的一部分

2019 年 2 月 20 日

Following

和你最接近的一次
——当时，就在你身后
不远的地方，我跟着走
每一步都小心，几乎能够
踩对你的节奏

日光制造出美妙的错觉
——我们的影子紧挨着
偶尔还会叠在一块，就好像
在这长路上我们挽手散步

影子与影子交缠
那时我多么希望
长路更长不要有尽头
黑夜也永不要降临

但我知道，那终究只是
日光一时的戏耍

2019 年 2 月 18 日

影舞者

我在我的几副影子之间

长久地徘徊——

它们之中，有的瘫作一团

就在沙发边上

有的修长，似要把草坪尽头的

风筝追逐；有时趁乱

可把一副影子加到

另一副上面

如砝码堆积

有时漫射光很快带来

持续的倦怠；几副影子

推搡着陷落于

臃肿的房间

吵吵嚷嚷

吵吵嚷嚷

——在外人听来，自然尽是

沉默。唯有我夹在中间

不可偏袒任意一方

永恒的调停者

我在我的几副影子之间

长久地彷徨——

终将步入全然的黑暗

如珍珠躺回蚌壳

2019 年 2 月 21 日

橡子

久的，久久的，在低地回旋的
死去，再死去，一个人这样标记自己
又如何？又犹如饥饿的脸沐浴在
阳光里。由黑暗雕刻而成的
饥饿的脸，朝向自己

我是在用明天的语气
和今天的我说话
我是从不相信预言成真
又总是在预言的人

场地里掉落的橡子
多像从少年时揉成团的字条里
掉落的词语；现在我连忙弯腰
捡起它，生怕它沿着砖缝掉下去
掉到地底下

掉到地底下的橡子将不会有回声

掉到地底下很深很深，不会拥有未来

直到我们发现隐秘的矿藏

在一片贫瘠许久的土地上

变黑的时钟也变慢

也变得和回忆一样久长

焦黑的海洋汹涌而来时

我置身于它所标识的时间外头

在外头——我，一个失败的旁观者

"大家过着差不多的人生"

还多少要承受彼此暗地里的笑声

大家差不多孤独却仍然

要把每一个身影从人群中单独撇开

我还是默念着与海有关的

十五个晚上。我还是微闪着光

如星辰漫游天际，我在屋子里走来走去

我走来走去在这里又在那里，涨满又退落

我就是那情欲的海浪声

不再柔韧到可以适应黄昏的沙岸
空气是硬的，空气是我们往前滑行时
穿在身上的薄衣。表情消失的刹那
所有的爱被抽空了

如果没有日光照射，呵出的气团
在最后的冬日宛如一张弃婴的脸

2019 年 2 月 28 日

地狱归来

——给 HS

想起过去，曾把眼泪分给
众人，仍然难免伤感
一次次都不可说：只好把那宝石
抛上高空，挥掷冰面——仿佛戏耍

削开铅笔的一端以展示
一门绝伦技艺。我们仍然拥有
中空的躯壳，不断把捕回的幻影
押上，在沉重的铅字块上面

倒退着，把今日之身形敷在昨日
枯萎的身形之上。暗沉沉的海滩
不再有谈话的人。晚餐后我们掉头
步行前往早已失落的市集

那时就只有我们。也只有我们

仍然试图保有一份稀薄回忆

保持距离，在两个街区之外的远方

是一座栽种樱桃的墓园

"那时并不在意"，直到满嘴酸涩

吐出整颗整颗果核。我发现——

在夜灯下面迟缓地步上天桥时

一些必要的痛苦我们分担了……

（是那终日尾随着我们的）

也就是婚礼和谈判破裂时的

那些；就是我们不得不在场

及小心躲藏时突如其来搜寻的那些……

不会有另一次旅行了

当我们从某处归来，带回大鸟的伤痛

疾风中小心扭转力矩。应尘土之邀

谁不是入睡又醒来，在这人世间中转？

2019 年 3 月 20 日

在静止房间里的早晨五点钟

不能更接近了
就召唤大雨
如果驱车，就制造
一座雨中悬崖
就在阻燃的芭蕉树前面
生生把火焰扑灭

——是在一块中空的
冰的内部，因无法呼吸
而渐渐瘦弱下去的
火焰吗？

房间里的演奏刚刚止歇
左思右想，对着空气说话
挥舞着气团隐藏在
周围可诉的黑暗里

空气中游来

几条小小的——

小小的热带鱼，尾巴上

绣有你的名字

五点刚过，就听见远方某处

鸟的歌谣，与渡轮的鸣响

此地为内陆，附近

并无河流

2019 年 3 月 22 日

致郁之速写

世界把斐然成形的

幻影，与失却之

艺术，分给

不相等的几个人

竖笛倏地收起

耳朵，雨夜

颓靡

打碎陶罐，顷刻分开的乳白色

分与众人。短暂的笑声

无目的之环游

之守恒

之深耕

不可瞩目心田

微澜不可以壮阔

不见果实由枝头掉落

车辆在反向行驶中

转向晚秋后

不可看湖

或平铺在雨中斜斜

致郁之速写

2019 年 3 月 27 日 04：19

一个人在世上走

在一个昏暗的房间里走

在尘土弥漫的世上走

在黑夜的笑声里走

在一个人的心外面

不无悲伤地走

雪落以后，在没有踪迹

茫茫中走；在黄昏

夜晚到夜晚之间

因欢愉而盲掉的

一片矮树林里

缓缓走

在黑咕隆咚里走

在火光里走

如灰烬一般在风里走

摘下心与肺叶不停走

在一首慢歌里走

痛饮之后，词语纷纷

从树枝上摇落

一个人最初就像一场雪

而后被踩痛，被踩脏

被铲开一条雪道

就在这心的雪道上走啊走

2019 年 4 月 1 日

在天河

游得更远的人
还回来吗？就在河里
铺好一条新的小路。就让
搜救队无果的热情再一次空付

游得更远的人
全然不顾泳姿优雅
在黑暗里无法注目的
对那寒冷的抵御永无终结

必要时，揪心的沉默
必然成为一长段无人听的颂词
风景烧毁过一次。泪珠的马队
驰过，透露神秘的编织法

在河的内侧不期望另外有岸
死去的树木在那里再次丰饶

阔步走上种满星星的庭院

大雨中遣送枯木返航

2019 年 4 月 21 日

广州天河

字条 0425

深夜归家

生火，添柴，喂一个未出生的孩子

放鲍勃·迪伦和皇后乐队

循环到耗完电量。把小药丸

从一个药盒转移到

另一个。从一首诗

读到一本郊野旅游指南

但短期内不再飞行

自己给自己讲个

不太伤心的故事

中途忘词，愣住

还放声大笑，还以为笑声

不是来源于自己

壶里的水又开了

又变凉

身体也一样多变

下棋，但不落一子

躺下，世界也多少

显得更平坦

和恢弘

和一望无际

2019 年 4 月 25 日

梦野八章

1

又一次诱我发芽

返回年轻时

薄雾里的一个错误

直到我从尘世的

枝头脱落

跟随绒花的面貌

消弭于荒寂的原野

嘘——

烧焦又烧熄

那死亡的序列

悄悄，脚步声悄悄……

2

尾随其后

一阵风。我们将要加入

风，加入清晨的

序曲：一个旅程

又一次我们触摸到

草叶幽微的脉搏

手套沾湿

花苞上谁遗失的

露水

3

露水映照着死亡

相持于兴趣

比划着

交换隐衷

无影灯只是减淡

在郊区的光束里

测谎

阵雨里向来棘手的

事务，使痛失昨日者

飞行在繁忙

与盲目中

4

远看群山渐小

渐笼住轻纱

远看一条急流

在其中濯洗词句

载运光晕的小船

最后一次撞入怀中

怀中有火

火为大

5

从阵雨里剥离出来的

一个干燥人

凝神听银子敲击银子的

响声，使其均匀

聋子

和什么人都不属于的鸟

一同罩在一小块

凹陷的天空下面

回声也无法属于回声

慢走也不为任何

春天的事

6

历来严苛的夜晚我们度过

追逐着过去的

某些浪潮

在失眠者的注视下

那些消音的旅客

锃亮脸庞，在浪声里

小住一晚

7

把种子挨个码在

昆虫的视线里

使诱惑不再是诱惑

如渴盼的预兆不来

以枯叶回旋

以鱼抵押

一股甘泉

敲痛梦野的牙床……

8

火的催眠术——

以身饲雨

多么冰凉的梦里

你燃烧

至郊野

至现身于秘密的

兽之哀鸣

聋子心中演奏的一曲

尽可能倾斜

问候矮雨后的

逾矩

从她所注目的

湿漉漉的两分钟

拧出一只

石头塑的夜鸟

2019 年 4 月 29 日

诞生于午夜

走到门外

夜色分明就会变得温柔

跟随我走的人就会说：那是方向

但方向不自命为方向

风不以风自居，盲者在此时

也不盲目——

位列另一重光的视野

草叶不刮擦白皙的小腿

来自高处的声音渐渐隐退

与自己对话渐变为

一生中的稀少、晦暗与寒冷

渐变为周旋，周旋，周旋……

仿佛季节变更。渐捕住

一种室外的机遇，黏稠得像

梦里无精打采的歌

而在几个终归会死去的晚上

我与陌生的访客漫长地鬼扯

在时间的河岸上点火

但不燃烧任何爱的遗物

教条的经验暂且放下

高昂的头颅也将垂下

——当死亡如命定般来临

一切关于生的经验

不再可复加。那异常敏捷的

摔跤手，在殡葬人的注视下

坐分遗产。我们分别在箱中

取了些蜜，我们在暗夜摸索彼此

籍籍无名。在一些破败的陶罐里

找到往日庄严的笑声，找到海鸥

复刻大海的一阵悸动。而一束光线

刚刚尾随寂静来到你身上

如延缓的判决

2019 年 5 月 19 日

失明者之歌

我的眼睛奏响
湖的哀鸣，楼梯通向
另一个人的视野。及至黄昏
古老的火焰穿戴整齐
我们要把美好的事物高声赞颂
与被击溃的游魂共处一室

在死去的夏天，与虫子的命运
短暂交汇。但我们仍热爱浪游
玫瑰般的呼吸里倒生小刺
花朵个个手擒死亡之面具

你四处游历在失明的国度
月夜醒来，在野外的波涌上
凝听座头鲸之哀歌。疏远了
变暗的一颗心……

在另一个不会到来的晚上

屋子里盛满光，逐级而下

没有脚步声，没有脚步声

——围猎者的渊薮

你也把小小的烛泪

滴在了心上吗？

2019 年 6 月 6 日

利奇马

雨滴垂向我

纷纷柔顺

显示它们颈部的光滑

我有一夜的时间

如有必要，可以独自航行

如有必要，将与夜晚贴身搏斗

有机会脱身但我

只是航行——像树木

只是待在雨里，称度自己的重量

有机会变回

镜子里的我——

错愕的，对众事物感到惊奇的

那个我——如今可还健在？

一个声音、编号或它所揭示的

那些垮塌的奇迹与世上的苦役

均曾经停驻

在这身躯。正如窗外

栖居于此地的树叶

间或远楼传来归谬于日常的

一些争吵。我们，其他，种种情状

终汇合于一个巨大的

回环；现在我们暂且

停留，被命名为一个个人

一个个不可以被看作苦恼的

欢笑，一个个雨后

迎来晚霞，一个个黄昏

装作未受损伤

延续我们的旅途

哪怕漫长，哪怕失踪

并变得无比湿润

2019 年 8 月 14 日

托个梦

我在荡秋千在秋天

我在地上啄米

我扑翅，断了飞行念想

我远望，便望见远光灯

望见云糕堆积云层漫卷

乃至奶奶在乡里小路上招手

——向我，或向我身后某人

凡有响动，奶奶便咧嘴笑

牙便掉下来落到尘土上面

几株草赶紧围上去紧紧

围住它贴着面跳舞

是风的诱导（必然是诱导！）

碧绿的枝丫往斜刺里长

午夜三点钟车流疏狂

环路收集夜虫的百种死亡

几份慢慢调至均匀的寂静

瓜分了不属于自鸣钟的

一阵脚步声

2019 年 9 月 12 日

每晚按时凋零

今晚，在这个

没有其他人的房间里

烟丝就像星辰

闪烁；我，对着电视机说话

就像为一场早已发生

又尚未发生的

演说对口型

我散步，时而停住

观赏灰尘在暗地里

练舞——就好像

另外一种视觉在我眼睛里

发芽。我要走到足够远的地方

才能再一次完整地想象

杉树的生长

"你要以孤绝护卫

以想象阻燃吗？"

——当然，放着某年的

纪念音乐，在僻静的小溪

那头，有那一年

死去的树叶

从没有人把它们捡起过

从没

2019 年 9 月 28 日

一只蜜蜂死在浴室

一只蜜蜂死了

在浴室窗沿，就像一个人

独自死在异国——远离蜂群

它现在成为微蜷的一阵静默

今天洗澡时我无意间发现它

——几天以前，上周五还是周六

它从窗缝里误闯进来

鼓捣着嗡嗡声

在镜中，刮脸的我瞥见它

我，一个黄皮肤的，一整个暴露着的人

感到被蜇伤的危险

努力去想一些其他事情：

某段旋律，俗务中

无关痛痒的措辞，但不去想

其中所含的意义。然后

我匆忙离开，关上浴室门

接下来的几天内，我一次次回到家中

洗漱，使用浴室算是频繁

可再也没想起一只蜜蜂

曾带给我小小的恐惧（但绝不亚于

独行山野路遇猛兽的恐惧）

一次也没有——今天正是它，用死亡

再次唤起我，用终止符般的躯体提示

演奏终了，它用静默……

但一切已不再能为它所用

我凑近，与它小小的死亡对峙

不再感到恐惧。想象这小生灵

曾游历过多少果园，在尘土的秘密间

欢舞，探入花蕊之深

现在它蜷缩着

口器前半段向下微曲

紧接着，遵从那消逝的礼仪

我用词语为它搭建一座

小小的棺椁；哪天，如果这首诗

被印在某本书里

它或也能回到树木的怀抱

以一件标本，夹在另一种死亡中间

2019 年 10 月 10 日

夜晚的滋味

荒芜但良好，一个夜晚

支离心没法躲藏

梦变出第一个模型

预示着舞者般

召唤山倒向海一样的事物

梦又变出第二个，这回像

虫蛹，置身事外。在弯道超车

金蟾蜍撞上挡风玻璃

但旅人们还依偎在别人心下

还不能出发，即使

篝火早已冷却，总要

习惯这样的时刻——

有时离开自己，走到

一个较远的

有鹿出没的

园子里，看松雪如何因自重

而垮塌；走到更远的

与这种远相称的房子

一个礼物，化石那样

被发现。一个刚刚被发现的人

在人可使用的道路上

找到活着相对于死的

那种平衡，也就是

野泪相对于洋果子的

那种滋味

2019 年 10 月 15 日

内在风景

我仍然在暗盒中，世上的光
躲避我。它们哀叹：
"失去的，仍在失去之物……"
您听得见吗？即便这柔声细语
不属于我，这被迷人的秘密
所洞悉的，在变幻中
时常不定的感受
在告别的身体上
写下字句。徒然啊
我曾游历的，何止
这疲倦的暗室！甚至包含
野外，群岛，寒山中的索道
伸手可触的天空之云
街市锯齿般的边缘
延伸出新远方……
空气呢喃着
围猎我的静默

我，永远是流放者的共识

我，不可观测，只存在于

过去的遗骸

不可被捕捉，只可以

被想象。在一间

被遗忘的屋子里

为隐藏者所津津乐道

我是黑中的蓝，是时间的

子集，世上的一瞥——

静候被光打开

或永久封尘

2019 年 11 月 19 日

我将是拥抱着你的一个形状

我将影子

投注于风暴

我将在风暴里

成为紧裹着你的那一支系

我将推着你走

走在人声嘈杂的世上

要与你吻合为同种节奏

从一个夜晚出走，到另一个

从一个陌生的国度回到

寂静之领地；现在

时常摹画镜中形象

——我凝望，便得见

通往过去之门扉紧闭

幽暗之乐章久已奏毕

110

我将自己盛放于某个容器

某一场雨，和声如夏夜的

喧哗很快消退

我将与你交织的那段记忆

单独熔炼，注入时空之水泥

热情迸发又接着冷却，深潜入海

我将这渐弱之音息交与陶艺人

自然，由他赋予你我

时空中的形状

正如我的爱在夜晚变形的

遗忘之残骸中

赋予失却之物形状

我将随风的轨迹四处流浪

我将拜访逝者，与幽灵同行

缓步于林荫道，险攀上背阳坡

我将在空气稀薄里吟诵马尾松之歌

我将召唤，将壮大，将遗恨

我将与地狱来的歌队

远远呼应

我将在午夜凝结为海浪

我将以沉默呐喊

我将蒙着面整晚整晚

把你找寻

我将是

拥抱着你的

一个形状

2019 年 11 月 20 日

赌马

我们将

移民

永久驻留

在死亡的那一边

下午

现在

晚上

失去焦点

抛锚

拄着言语行走到

尽头

踩在海里

每一步

甜蜜的行径也已被

识破

我们只想品尝

悔意烹制的

餐食

只想躺睡

在回忆铸就的

糕点小床上

在影院

在迎向星辰的小屋里

我们摇下车窗一样

呼吸

分发未知物

递来的

光

和贝壳和蝴蝶和空荡荡的

站台

凝集在

对远景的瞩望之中

结块

木讷

惊醒

虚弱的状态随之变得晶莹

我们乘坐海浪

——由时间推升起的

一座正在骤然消逝的

高地

你看海鸥

乌云

飞浪

众多穹隆发笑

死神不急着

拷走我们

死神正簇拥

隔着朦朦胧胧的水幕

在岸上

死死盯我们看

就像赌徒在硬币的另一面

沉寂的外表

下面

火山孕育新的骚动

就像因渴望

而呼喊因沮丧

而发泄

在跑马场看台上

高挥着马票的

那一个

此刻他

静默

2019 年 12 月 20 日

雾中踟蹰

二十二岁，还是
二十三岁那年？我走在
一大片草地上，九龙湖畔
那是我去公司的必经之路
晨雾总轻易地裹住我

我忽然感到困惑，走在松软的草地上
我不确定方向就像呆立在空白的
画布前面不知从何起笔
我好像忘记了是要去哪儿
为什么出门，走在那雾中

就好像其他一些时候我困惑
自己为何身在世上，要去哪儿
我感到困惑。每当我感到困惑
我也感到困惑正在消失
我等待它消失

当迷雾散去，我就能

远远望见城堡，坡道，树木的尖顶

沐浴着晨晖，我开始恢复视觉

我就能远远望见我身处其中的

无休止的人类生活

2019 年 12 月 29 日

雪之祭

依靠谛听

加固的寂静中

那经验仿佛诞生过，又像是

新的，或接近全新的

也是对于童年一次不可缺失的

回访；无论是渐弱的

足音，消失的

来自气层的运动

或在寒流里呼出气团

或眼前每一步

踩出烙印——当我在这里

我消失，向上或向下的

向内或向外的一种消失

尤其当代表着过去时光的

房间，被透视为箱体

而我非要在梦中

以持续的热量散失

拉拽住那往空灵中的一跃

拂过高枝——以一种轻弹压树枝

之间的某种沉寂

以摇摆以滑倒

达到平衡

在伤口上敷伤口

如有必要，我会回到

那个我早已不在的房间

我会在黑暗中领教一切

祈祷那口袋的束绳

可收回我的目光

当我衔来枯枝

为死亡做一个毕生的巢穴

我住在这里，我回头，我遗忘

我睁开眼睛就像看着，我盲

我即哀歌

2020 年 1 月 5 日

黄狗

黄狗在雨中找家

通过散步——当然，它生来

属于荒野，话音更近土宗

那球形国，藤蔓一样厌倦稳固的

沙丘，那蚁穴的崩毁

唤起它的一阵警觉

在雨中巡回，浅嚎的声音

与风交叉，使毛发感到形状

与收费站周围被遗弃的

灯光交叉，使一个声音

在内里失明地说：

"在光明的指示下相聚"

——它曾那样惧怕

曾烫伤过，又被梦镀过一层

厚厚的遗骸，被海

溺死过。现在那一切

却舒展开了，不过是

小蛋糕，和快餐厅午后的

苍蝇停在收据条上面

现在那消费的廓形

不过是幽灵抵换来的

一张死皮，可以随意翻折

和撕开，敷在所有无法归类的

伤口和契约上面。现在那张死皮

共属于它和它死去的部分

而黄狗的眼泪梨形，联想到

那些笨拙故事

贩卖它们，就像舍弃雪

在地铁口向藏匿的行人

分发雨披。但依然有从上空降落

仍努力寻找平衡的黄狗

即将步入一种迟滞的经验

而非竞速者的障碍之旅

被固定在拥抱的形状里的人

加工各种型号的情感用具

编撰一部可以被称作遗忘的

情爱史。就像蒸汽逃逸

找曾预示失去的地点

黄狗在雨中找家

摸索彼此的边际

如补充残缺。但没有边际

就待在一些星星瞎掉的

眼睛下面

就等待天空慢慢转暗

2020 年 1 月 19 日

达达之夜

——写给钟放

我与困惑我的人群

不可能取得一致

又，我瞥见我的几个影子纷纷脱落

被拥夹在身躯、发线甩动的

条缕之间，随即遭到

音律的叛告。待光线把我

切分为接受破碎仪式的几部分

遣散我的热度我落失

以一次取代多次我终结

午夜街道如郁结的游戏

很快空旷下来，空驶的出租车

不似载有隐忧，只是这失眠时代

谵妄的并发症。需要告别一个隐喻

在仍然困惑我的花蕊也脱落后

滑行，视线依序掠过德胜门

福莱轩，盛世情……

我亲爱的朋友啊，世上最后的

浪漫主义者，曾在这一带

种下的影子便在此时上车

落座于黑暗——早已熟悉

这宽肥的席位。车速迅疾减缓

好让交谈进入隧道般的静默

好让他以丰饶之面具

抵御后视镜传来的

一瞥，以无法引起共振的奏鸣

一次次仰身于上坡路段

炽热的路灯光如虫蛾如一部回忆录

如微茫之火扑上车窗而冷凝

他便以这物质世界存余的一线波光

言说；或已抛却词语、句式、发光的

小伎俩，相对而坐时的一小片荒野

甚或那曾决堤奔涌出的里尔克洛尔迦

艾略特与特朗斯特罗姆等天上之诸君

他便以此刻时空之秘契

以皎洁以热烈以车窗外高悬月色

之根本，以扬尘以环路上无碍的

梭流继续他身后漫长的写作

2020 年 1 月 28 日

言语之外的静默

我，及另外一种消亡
共用一类罕有的词汇
——静默

影子便莽撞走它的路，斜雨闯入
默辩的春夜，我听闻但守口
如怀抱月亮的银盘

万物偏离我，仅仅围绕一个
衰微的火堆做冗余的叙述
令人多少感到倦怠

巨眼盯住岩石，俨然造物主的
担忧。抒情一时淤塞。必要时
我们将以言语之死亡代替言说

2020 年 5 月 3 日

似一梦

天青色，身体之外的海
涌来。涌向我身后
雪一般积起的月光
啮噬峭壁如永久冬夜的
酷刑；风斜斜似有纪律
未有可以对称
与奔走，与兴衰之木色
有酒馆之摇摆相对于
无人的夜饮。窗外
乃是知年的夏虫
纷纷缢死之欢唱
更兼有想象中细雨
捏塑无形的泥路
我身后
无穷海市翩翩，幻觉我
病中的水果，爱时的花
远在花炮厂的下午

构成昨日之无限

姑姑照看命定的空旷

而后是白衣

如蜡，如蛾

飞舞在风中悼亡的夜晚

晚松与潮汐款待我

我将被逐出言语的国度

2020 年 6 月 9 日

记忆，遗忘

我把生活寄存在

每一日，每个旅馆房间，每次相遇

每张相片……就像昂贵的财物

占据保险柜的每一格

记忆是钥匙——总是柔软

帮助我把它们取回

却又在每次钻入锁孔时

获得新的形状

而这一回，当我站在

银行大厅冰冷的大理石地面

穿戴齐整的经理并未把我认出

"您失忆了吗？"我问

我摇动他

我摇动他的身躯就如同

摇动一棵参天大树的无穷枝叶

摇动一个巨大的、古老的梦魇

他只是尽力保持沉默

无奈地摊手，耸肩，眉毛向中间

聚拢——"这是规矩，我需要

验证您的身份，先生。"

身份？我早已在一次洪流中

把它弄丢；我掏了掏空荡荡的

衣服口袋，无谓的拍打只是抖落

裤腿上的几根猫毛——我养猫吗？

我曾在一个有猫的房子里待过？

甚至，忘记如何回家

忘记如何摆脱行人的推挤

与北风的叨扰；伪造的欢乐环绕我们

如旧天使生活在一个亟待修缮的天堂

银行外面的墨西哥阳光里

没有我的影子，唱片店里

放着一支西班牙女伶摄人的曲子

与某一天我在某处听的隐隐相似

2020 年 6 月 27 日

万航渡后路 59 号 · BRIDGE

呼吸时刻

在偌大的广场迷路

在轮廓分明的雕像间绕圈，停步

发现不足以分享的秘密

在裁缝店丈量身体

在手术台上不无恐惧地询问

"死神何日造访？"

在旅游景区的瀑布下面

与陌生人说不相干的话

在一种喧闹中静默

在另一种里头，却声嘶力竭

在泪中笑

在工作中休息

在睡眠里失眠

在你的身体上摸索城堡与废墟

在盲人的世界感受雨

在书店，乃至一本书里静待夜晚降临

在剧院冒充形同自己的那人

在电玩城重返童年

在电话亭寻找一段消失的岁月

在语言的高地怀念深渊

在非黑即白的选择时刻召唤彩色

在燃时不燃

在九个远方说：哦，故乡

在星期日黄昏的走廊上

向即将死亡的一周致以哀悼……

在每一分钟，每一秒，每一次呼吸的

弧线之间确认：

我爱你

2020 年 7 月 9 日

船骸

如今他体内那风光卓绝的诗人
正慢慢地死，美好的生活
赋予每次演说圆熟的光辉

——当对话熔断
他闪入静默
如滂沱中必要的避雨

呼吸渐弱——仿佛意识到
一分钟前他所提及的那顶桂冠
只是项上虚空的装饰

而往昔真切的莫大欢乐
恐怕源于一种
不可示人的痛苦

看，如今山岩突露在外的所在

曾经枝叶丰茂，果实累累

鸟儿争相赶来构筑巢穴

缪斯设法诱他开口

眼神总流淌奶与蜂蜜

百花的蓓蕾偏要在舌底绽开

困惑曾紧随，如生出尾巴

月光适时疏导他的心理

偶像推高又坠落如潮刃的白沫

而这一切如今只是记忆的颂歌

他沉落深海

如诗之船骸

2020 年 7 月 16 日

砝码

抵达我之前
我已预感到它
——那句话

那句话
只不过是加在
天平那端
一颗小而又小的
砝码

却要像这样——
把我的心整个地
压低
压沉
到底

2020 年 7 月 22 日

造访她的童年

你走近，又似怯怯不再靠近
大厦外立面的蓝色大幅剥落

你时而在它跟前，时而
又仿佛从很远的时空
向它眺望……

步上楼梯，却无法通往
童年的那一层（久居的蜘蛛
隔着蛛网认出你，并咬了你）
是什么，使通向它的路径迷昧不明？

仿佛那幽暗的楼道
蹲伏着往日遗失的小兽
以尘灰豢养青春昏暗的狐媚

古旧的城市噪音

曾经整夜整夜捶打你的睡眠

——当你讲述它，便唤醒

童年梦中伸展腰肢的火焰

监控室内坐着打盹的保安

紧勒他们身躯，从空调房

蔓延至楼道深处的冷气……

要我说，偌大的遗忘

才是这幢大厦称职的看守

2

或许会遗忘——我和你

雨中的两只鸽子，翻越栅格

在时空中游历，从另一头跋涉回

闪光的鸽舍

140

腿上绑着空白的纸条

——只会令人困惑，令人猜疑

在那之后，你又如何？

是否很快恢复啄食、鸣响

回到牢固的每日生活之中

又是否会倦怠，偶尔想要逃逸？

是否只有我——还要一次次

跌入梦中，循着失落的轨迹

延续无望的探索

谁在那黑漆漆的门洞里

与你对望？试着编造出两个你

更多你，分别在不同年岁的你……

可，在你早已遗失的记忆里

我又能找到些什么呢？

3

不确定，那是否也意味着一种爱
或想要同你一起藏匿的恐惧
向你的童年无限地下沉……

4

无尽的夏日绞合起来
终将它吞没……

如同这大厦的残破是可辨认的
你也正是在残骸般的记忆中
秘密般生长

多年以后，当我
在撕落的日历里翻找出这一页
甚至，拖着朽坏的身躯重访

这街区，这幢不知可还矗立的大厦

记忆是否也碰巧柔情
没有把这样一次漫步的点滴
从你脑海中抹去？

2020 年 7 月 26 日

甜蜜的幻象

筛子筛去

多余的欢乐

旧城的灯火

已属于下一夜纵情的人

眼睛对于观看多少多余

八月，肿胀的雨水使人疲倦

黄昏，好看的树木远比远方重要

在往复的天桥穿行上下

在一个个车站中转

向行人兜售幻象的盲盒

一心扑向灯罩的飞蛾

受诱于捕蝇纸的苍蝇

从壁画上逃逸的罗马……

甜蜜的生活屡次把我们

困在其中。唯有死亡的牌手

坐定在我们中间，不断变换牌序

一间间名为家园的

投注站——把终归有限的筹码

换作一晚晚，一个个小时

押在上面

2020 年 8 月 6 日

巨大的下午

内侧走着光

险些失去它的信心

也不必担忧

隐瞒在野草的奏鸣

也不用考虑适时回弹

——向业已倾颓的生活

住的问题总不在旅馆

正如行走的问题不在想象天鹅

路过了就喝一点

就录一点风之声

不想去想了就和屋子里的雨

谈谈天，问它从哪年来

渡过古老的河

与时间。整个下午灰尘都很质朴

季节也不忙乱，人不赶着人

不会幻化成种种刀锋

和唳鸣

风就在他要来的时候来

昆虫也啸叫如狂

补充夏夜协奏曲的

一小分支；也停

在差不多该寂静的钟点死掉

让人与桌腿哑口，就凝视

仙人掌，慢慢匍匐成

侧翼的一丝光线

2020 年 9 月 10 日

大理，凤阳邑

重返巨大的下午

邀请草木与我们

等身，一同坐下

午后谈话的喧响变得可辨

唯有一份寂静可与众树分享

远游于各自的神思

草木有草木的未来

近似于空，凝脂为自我

四支曲子过后，空气变得齐整

砖墙倾颓，我不在其中搜寻时间

正如不在沉默中触拢言辞

不在碎瓦砾里翻找

失落的奇迹

正如草木不在言语的间隙

把我们观想

日光把昆虫翅膀的影子

投钉在墙上

——影子攀附

斑驳的书写摇晃，如游船

接引往来的人。时间不断

积压、积压、碾碎，为齑粉……

嘴巴——

张开——

一个正无穷，却空保持着

即将说出某句话时的口型

用记忆来捏合它所塑造的形状吧

嘴唇与舌头，缩皱或弹张

因你而起的销匿声响

又一次把我捕住

而久未有人使用的水杯

迟早会拥有它的记忆

完整地把我们保存在

一个近似的下午

2020 年 9 月 14 日

大理，凤阳邑

昏暗的集合

石头不再是石头

苏州河不再是苏州河

我也不再是昨日你所谈论的我

荒野不再是荒野

旅人应当在途中迷失

营房应当被月亮擦拭灰亮

当我们把一个个伤口捂住

鲜血就在体内叠涌

那就把久未愈合的夜晚

交给仍在渴求它的人吧

那就坐在水杯里

遵循衰老的时态

没有永久

只有许许多多的短暂、短暂

没有漫长的言谈

只有沉默闪烁、闪烁

而攥在手中的纪念物不属于
回忆两边的任意一方
心律不齐的下午不再变形
巴黎亦不再是我毕生向往之地

就像包含于一道习题的无限
或意味着草叶掩映的歧路
我仅仅是白鸟的两次扑闪间
逝去的景观？是两个假定之间
巨大的缝隙？还是剧场暗狭的通道
只容一个我侧身而过？

2020 年 9 月 26 日

可以淋雨

道路允许阴翳就像夜晚的

当铺允许

质押心跳声

显得细腻与休闲的另一个心意

没能到达。残留的瑰宝

如丧家的露水

我的床上

另一条船航行

准备好驯服了吗？安抚

惊梦，帐篷外的

十万簇火苗

非要玩弄完整

把结局——捣碎

可以去往任何方向

可以绕行，狐疑，留在原地

可以淋雨，假死，爱任何人

2020 年 9 月 27 日

夏夜的诡计

更多食物、钟点变质
更多封存在冰箱里的微笑
延缓腐坏

更多身手不凡的记忆
攀爬进散烟味的窗
形同飞虫扑向窗纱

我认识世纪以来问诊的
每个心碎人；拼贴线索
回忆每顿独特晚餐

把玩一副珍稀动物图案纸牌
夜的一双手参与进来
触摸、翻转每种可能

在无音息的

私人之海上

为黑暗一遍一遍地上色

每一种颜色的笑声

都影子似的

浸透苍白的人们

2020 年 10 月 1 日

速成雨幕

那些发光的特质消失了
你身体的曲线，曾是——
不可触摸，回忆，测定……
我梦中昏暗的地缘学

松节油的气息不复存在
我与过去之我尺寸不符
——我们仍然共用着
同一副身体

衰老使我们中的一个
变得步履蹒跚；另一个
落入吵闹声与嘲笑声的陷阱
经年日晒使我们干瘪、皱缩

只有古老的口哨声
永远被少年随身携带

在每一个远眺落日，以目光

垒筑黄昏的告别时刻

逝去者，你如今究竟是

锁闭在哪个展室内的

一小抔尘土？

你卷走故事

速成的伤感缓缓焊牢雨幕

填入眼下饥饿的深渊

2020 年 10 月 1 日

众多破碎的时刻

如果可以把众多破碎的时刻
据为己有，就像收容衰老与疲倦
把乐园里的哀思制成皮筏
沿月河而下

如果，可以在多个时空
穿梭、旅行……我究竟属于
其中哪一个呢？

是否，我与一幅照片
远古动物的骸骨，博物馆里的
一粒灰尘，也并无区别？

观看重复发生的影像
会让观看本身不断重复吗？

与沉默交谈会让人

变得沉默吗？

哪些声音

能从中把我辨认？

把我从人群中择出

作为一具单独的

尚忠实于自我的

残骸

我是说所有——

孕育着硕果与腐肉

同时把胜利与败亡书写

秋天毁坏的，春天会修复它

每一行，在变幻里诞生

在疾行与延阻间

变短暂，变漫长

给你，每一页我

每一帧——重叠过

又从中抽离出来的我

而写诗

终于可以使我

成为流淌着的诗的一部分吗？

2020 年 10 月 14 日

很好

迎着晚风散步很好

向赤裸上身的跑步者致意很好

木屐踩在柏油路面上的嗒哒声很好

破碎很好

三个未接来电很好

从桥上眺望远方一栋楼里灯明灯灭很好

蛾子不知会死很好

死也很好

蜂蜜很好

摇晃身体很好

旅行和回家很好

被许多人遗忘很好

起雾的时候窗户很好

变得更蓝和更短暂很好

在多少有些感伤的一晚

写下以上的诗行很好

不写也很好

2020 年 10 月 16 日

梦的囚室

去某人梦中时

我的身躯是否取代我

牢牢钉在床上

如未完成制作的标本

隐隐察觉有所行动

我的影子摸黑下地

走来走去，咳嗽

但不发出声音，大喊

却不被谁听见，旋舞

寂静为之伴奏

钟表为指针所挟持

电视机打开，节目只是

斜上方频闪的色块游戏

去窗边，与一株雨后默立

等待沥干头发的棕榈

对视良久。自书架取下

昨天刚读完的书

要在其中埋设

几枚隐秘的标记

拨乱章节、词句的顺序

——按夜的分类法

一阵渴意终于将我

自梦中召回

我醒过来

乘彼幽灵小舟

摇摇晃晃去冰箱倒橘汁喝

借微弱的光，确认手

依然在它的位置，挥舞

以察看它摆动的幅度

是否还遵从我的意念

而后返回床边，如入魔怔

欲解析塔楼的结构

欲去辨别——

秋被那微拱起的弧下

是否已掩睡着一个我

是否在那无形状的囚室里

关押着一个尚未醒来的

我之死囚

2020 年 10 月 21 日

彼岸

我们未能成为

别的人，别的事物

别的房间，别的形象，别的

黑漆漆镜子里

一张难以阅读的面孔

别的——

备感陌生却无意外的

枝上花，水中月；别的突触

别的岛礁，别的闪电，别的十月

坠亡的雨丝

甚至喁喁呢喃

甚至低烧着的

疲于应对电话铃响

与仿生人之梦的

别的事务所

终究，我们未能成为

别的人，未能掌握一门别的技艺

因而在眼下的孤寂之中久久枯坐

因而包含于无限可能，如同水流

沿凹陷的砖缝扩展她的版图

探索自身的深渊

腰肢柔嫩，向无尽来处回溯

我们甚至窥视过更多了然无趣的生活

从一个名字跃上

另一个名字的枝头

因而我们——

我，以及未能成为我的

那人——可以并肩坐在这里

等待冰川消融，沙发

与另一片沼泽连为一体

静电在午夜的房间里

幽幽窃语，仿佛真理

仿佛另一个宇宙

正在其中诞生

2020 年 10 月 30 日

梦者与死者

我们并肩坐在流亡者的座席
如时间那道谜题的两个解答
托腮思索——稿纸上堆满错误
罗盘疯转，星空为暗云所笼罩

终于来到中年的车站
我们久坐好似永远有一趟车未发
雪夜的原野凝脂，灯光昏黄
睡眠是门孤绝的艺术，信札无以为言

如蝉翼，如编钟，如呼唤
止于空气之轻，踏破松针布下的
奇阵……哦我们明亮的深渊
凝结于烛，哦亲密之谜

哦我们，分明在词典不同页码上的
两个词语，那么冷僻而年轻

是哪一位诗人将我们从中检索

并放置于这即将被遗忘的诗行？

2020 年 11 月 4 日

夜晚的缓刑

告别苦夏，赞美未尽兴的人们

赞美——随身携带的地狱

轻诉者，唯夏多布里昂

最后一次听海鸥

依旧钟情墓园。心脏的雨浇淋

蛇吐信，花一次次撞击至粉碎

陶罐打翻，从中发掘

泪的地质层。提起雾之纱衣的角

踩霜之突起，在伤口形状里醒来

欢愉的造影不复追忆

娇惯的心灵备受摧折

向往日攀升的幻想负重旋坠

去日无以永哀，如电如幻

如覆灰之暗影错落，露珠悲凝

授意倾颓的家园犹有地衣迤逦

2020 年 11 月 6 日

眼之书

我的眼睛
在那些夜晚延宕，为少女
和多少变得柔和的事物
所阻碍

如同——
迫切想要走向你的
灼望，为压在石底的爱
所阻碍

尖角的石，心形石
抵住更无垠，也更频密的
海浪，或许还有午夜的
自语，一阵恼人的静默

我的眼睛投入深处的
幽径，更深处的……

幻想你就在眼前

试着复刻你

宿寝

如旅鸦

如夜渡之雾

在不可栖身之所

又似荒原上的雨

落入濒绝之河

某种失明的危险

把它从光之梦中呼醒

如风，在又一个

濒临绝境的夜晚

衔来最后的

两粒种子

2020 年 11 月 24 日

黄昏各自失忆

欲问雪借幽径

去注视你眼中——山脊苍白

松木低吟，鲸之香，盈盈珠光

钟表停顿，昏暗的士多与的士司机之家

巨大，沉默，凝结

灰羽翼吸饱冬雨者

乃濡湿的天使

飘忽，身死，不可动摇

闪烁，空花梦蝶，召唤最长一夜

可曾在拱廊下，遇见惶然的漫游者？

黄昏各自失忆

哦，国度温柔

厌倦了雪的人

踏雪归来

2020 年 12 月 29 日

晚聆

我说出的话不再属于
眼下之躯壳

试着闭口吧。如落灰的手风琴
将丰饶的海——不断涌现着
荒诞谜语的海浪——
锁入静默

我将跟随松脱的线头
滚落到地板远端
跟随无限，乃至
跟随一只蝴蝶追忆：

"终于在雨季垮塌的小阁楼
无花果的白色血液
船在河上
再造一条影子之河……"

诉诸另一个世纪的黄昏

我们这些隐者所藏匿的

我们这些梦者所梦的

或彼时未熟成的情感……

声音修补暗夜的膜

天花板上的搏击者

手举巨大的镊子俯下身来

仿佛小管深入梦的花蕊

——我将变形

发生在夜晚的成长

如某种变节的秩序

每秒把我捏作一个新的形状

回到我曾在其中溺水的河

回到使我昏迷的那次撞击

在其后写下的每一句诗

构成我死亡的一小部分

2021 年 2 月 8 日

四又四分之一

除了已经梦见你的

这个夜晚。一整个星期

我们忙于休息

在地板上野营。与众多

果核之夜商议渡河

河水微涨，光阴从其中

闪逝，我快速看你

又移开目光

便失去焦点

2021 年 2 月 22 日

雨夜奥德赛

在巴士上摇晃

认得树木，在雨中摇晃脑袋

如苦役中的人们感到快乐

凝视，不比减速带哀伤

被车速带快而模糊

狗的哀嚎被裁剪过

电视机里的海

顽皮涨潮。参天的古木

参透云端的语言

出于隐秘的原因

需要不断地告别

为每段过去举行葬礼

在心灵的铁轨上

建造一座座空荡荡的

车站。月光敲响铁轨

彻夜修理

候车大厅停止走动的钟

赶路人众多，唯独此刻

我孑然一人

2021 年 3 月 15 日

在我的灰上跳舞

风把星星的眼睛

送过林梢

纸灯越过秋叶

心灵疲惫，猎人接收

雨的地址。一具枯皮囊

贮存过无意义的风景

与之并行的松弛

看火光摇曳至昏沉

我们坐在荒地里烤信

词语在死中拥舞

在渴中饮，在噼啪中静默

在缓慢中加速毁坏面容

避风的眼睛窥伺人类的

遗迹。小小的灰

垒作心跳声

2021 年 4 月 10 日

后遗

每个冬天有人离去

并不独属于某年某月

某个灰暗时辰。我呼唤

近郊的夜晚，雨中松动的

一枚果实，寄托有芬芳和

痴人之梦。空气的一众异见者

率轻骑兵，率尚未发生的事物枯萎

铁鸟，摇摆舞，即我之深渊

穿梭巴士在长夜独坐

交通号志于不远处幽鸣

朝我走来之人乃是谬误的同谋

我呼唤。每个冬天有人离去

野马与云梯不可一瞬释放

很难与旧时光聚首

去山谷看不眠之树

2021 年 4 月 14 日

184

球洞

像是傍晚变暗的草地深处
有人掉落了一枚硬币
幽幽有光

在一首诗的表面
突然出现一处塌陷

一个球洞
任何词语经过时
说不定会掉进去

白鸟群飞掠过夜空
影子说不定也会掉进去

向里探头看当然是危险的
我认得那种寂静

当这首诗发生倾斜

或路上颠簸，一个词语

随时会掉进去

当这首诗有"我"出现

我也相当危险

2021 年 5 月 4 日

心是昏暗的舞厅

风给了我另一侧

削减我的脸颊

黑与静的涡流正在生成

整理照片与通览岛屿风貌

同样必要，正如——

租用一条船，与徒步穿越雾中旅区

可以抵达同一地点

雨的渴意，烟花的多边形

心是昏暗的舞厅。五月

夜晚咬合着我的力

在减轻，夜晚想必也负担着

力量相当的疼痛……

而我将把这些一一采集

从疲倦的身躯抽离

雨给了我一课，为拂晓的叹息者上漆

柔和的声音紧接着接纳了我

如夜晚接纳了白日的喧嚣与沉寂

2021 年 5 月 9 日

自明之夜

无法握住火
照夜者自明

独步攀上孤舟，迷恋泊宿的律动
通信，或以静默蒸馏的
一个下午搁置已久

世界如夏屋微微翕闭，我观察——
水慢慢冷却下来，通灵的雨
与把我遗忘之人的脚步声
如碎石铺满小路

我们去湖边散步，风吹在苇叶上
很快辨认出一种孤独里的
两种孤独

树木遵照距离守则

多多少少，树叶自我身飘落

一个夜晚可以度过多少人

2021 年 5 月 13 日

金台路

那夜伴着雪声落下的

一整个冬天的帷幕

簌簌，如消磨的时日

依旧围着

久已荒弃的炉火

躲着街上的狗走路

躲着更多野蛮人

两个词语

无法永远挤在

一句透明的话里

昆虫的小翅相互拍击

一个不相对于任何提问的

回应——抛掷到地板上

如夏后的蝉蜕

从一张更年轻的脸里

透出来的脸，属于

记忆之河的另一岸

我私藏有更多年份

更多彩画斑驳

和有关消失的故事

在这无端的寂静中

请让我开口：舌头弹跃

稀薄的热在我们之间游动

——仿佛说出的词句

只适用于它，而别的天使

将悄悄把它仿制

也仿制一个巨大幻境

看见意味着又一次失明

并在蜷缩中感到温暖

在失落中思索，动身找寻——

那被逝日怠慢的小天堂

2021 年 5 月 13 日

给漫游者的挽歌

—— 为杭子而作

不再是青春的漫游者了

不再与夜河同行

为更多患难者的

眼泪的减法

屡屡为困倦所侵染

把透明的手敷在

情欲的伤口上

此际与道路与灰尘人一样

与荒野共情，和流浪的树木

合用无主的眼睛

做了那么多梦

夜晚和明天会怜悯我们吗？

生活，永恒疲劳的游戏

雨中摸高，在速写簿上

不断将塔尖推升

去弥合它颓败的顶

不再是青春的漫游者了

不再去镜子里找寻柏油风景

不再逶迤，在完整之中

需要理解种种破碎

屡屡为心结所拴系

在故乡漂泊。"去吧，避开

空阔之地，必要在罅隙里歇息。"

2021 年 5 月 20 日

也许在一切变暗前

这一秒，沉默
唯有沉默如冰，使涌动之物暂存
上一秒，还有人在这具身形中
张口说话

而纷繁的事务
毫无进展。闪电指引荒原畸张
屋舍摇晃，失眠者来到窗边
被抛入一场永恒的雨的记忆

就像大地要经历漫长的萧索
话语的末梢可见寂静
一个国度恢弘而伤感
五月的水汽绮丽，空虚而明澈

也许在一切变暗前
燃烧，燃烧，黄昏独自擎着火焰

疾行于野。涌入自我的皆可唤作

空寂。写真，写雨声的心脏

2021 年 5 月 24 日

庆祝像拥抱一样短暂

渡渡鸟死了，我和五月的雨衣
没找见回头路

更多桑叶，更多具体到多余的动作
影响我们。如苍白的沙地

家具每日在家中制造
无法聆听的喧响

找到更多濒死的钟表
就找到了水源

于是我们牵手散步
一次次发现和拆掉心形的房子
保护整条街道的猎犬和白日遗迹

飞逝——如众多面孔的分歧

在一份不可分割的记忆里

向雨后俯冲

郊外的客厅总是

晨雾浮动。我们把一份

湿漉漉的静默整夜翻转、烘烤

渡渡鸟死了，我和弹烟灰的人

没有回家。我们的庆祝

尤其像拥抱一样短暂

2021 年 5 月 27 日

朋友，请你写一个方案

关于节目怎么办，请你写一个方案

关于节目停办后怎么办

请你写一个方案

关于无望的未来，请你写一个方案

关于远方，六月，旅行的终结

请你写一个方案

关于心跳，关于停止的瞬间

你在回忆什么

请你写一个方案

关于车站，暴雪，潮汐的尽头

请你写一个方案

关于路遇陌生人微笑之必要与不必要

请你写一个方案

关于如何救助一颗受困的心灵

请你写一个方案

关于无以为继的爱

与衰老的一刻钟

请你写一个方案

关于死亡，如何死亡以及死后如何

无论如何，请你写一个方案

2021 年 6 月 18 日

雨中夜车

在波轮洗衣机旁听海浪
在地图上查找故乡的街道
登上城市废墟的制高点
追忆被一回回拆毁的家

在一列疾行的夜车上
观看急雨中
跌倒的绿

车厢灯准时关闭
孩童尚未适应黑暗
她连声哭喊：妈妈，妈妈……

此行将在何地终结？
乡野、浓雾与虚无之霓虹
没有更快地攀比而消失

在脑海中一次次掠过

你的轮廓

如凝望而不翻越

月光下的冷丘

2021 年 6 月 27 日

K495

夜的多面舞

那些何时种下的
黑色种子，生出大朵大朵
幽暗的夜，在濒临枯竭的
热忱中纷纷摇曳

发芽催生疼痛，枝蔓交缠
遐想——窗前每夜临摹
晚风的奥义

薄纱之姿。如果在夏夜
我们拥抱，散步，临窗而望
去喧闹的街市用餐

——用刀和叉
把生活的几种味道
切分为小块

去溪谷看萤火虫

抖落一把把星辰之光

床上海鸥乱飞

倦意击打着夜幕下

礁岩的心脏

2021 年 6 月 28 日

唯一之路

我是你眼中
崎岖、平淡无奇的道路
在雨后，泥泞不堪

动物们纷纷晃荡出门
树木纷纷向秋天倾斜
我是你眼中秘密满怀的道路
尽管漫长而无可期待

我是房间里从这到那的
一小段距离，对白里
沉默的部分

我等同于一支烟熄灭的时长
我是失落的海岬上来去自如的风
住在更为阔大的无形之中

衣物从不能把我固定

泥土邀我同赴腐坏的宴会

鸟儿在深夜把我的寂静倾听

我是无名而悲哀之道路

掩藏花的震怒，梦中的梦

搁浅在河滩上

我是无休止的

过去的风，总在和自己争吵不休

我是卧室里的一阵响动

我是道路

只通向你，而你

只是屡屡把我走过

2021 年 7 月 4 日

旅

最后一点黑暗把我
仅剩的两个词
吸走了

瞳孔对光
眼泪对故事

鸦分明在树梢
对抗着模糊与成熟的味道
可以声明厨房是干净的

影子分成两份
两份又分成四份
雨也私有化了

自行车依偎着躺在陆地
滚轮按摩水泥路

洞穴般濡湿，哦电视

我们小声些

把打火机收起来

把一次性诗歌烧掉

不再命名这夜晚

不再提取色号

无法重现那安宁

2021 年 7 月 9 日

雾热与无限

1

嘶哑的与静默的

分开我；风景被分别阻挡

于门外，风琴属于

将它们禁绝的人

在永久便利店

我买——我买的商品

和我买的行为之间

存在一种内在的撕裂

而我一次都没有获准通过

那沉默之境

2

而我走在夏天

溃散的堤上

而我捧着融化的石块
和几个永无答案的问题

而我口袋里的手
捏着一把仅存的词语

一座汗液浸透的小雕像
一片未尽的废墟

几个从游泳馆出来的少年
如灯下的银勺子，闪着光

3

而我一次次被潮水
试图猛烈拥抱的力
劝退

4

我与那阵喧嚣
并不往一个方向走

我走动，仅仅是
离开此前我所在的地方

如烟雾
之于一支香烟

过去的孤独
已找到另一个宿主

在行星的隐喻下走着……

5

银白在黢黑中穿行

如刺，发出致命的呼叫

那夜大海关上
沉重的门，从海螺中
听到一阵死寂

6

一只从冰箱里取出
而慢慢变热的
橘子

掉落到黑漆漆的草地上

7

天远未亮
一个我从树身上
剥离

是叶，是尘？

是那夜的欢笑

是倦旅之雨注满深渊？

从梦中剥离

又遁入梦中

重重叠叠如蝶衣

2021 年 7 月 13 日

每一夜，我都在死去……

和那些多余的人
共守一夜

和那有如歌吟着的雨声
一同拉动迟缓的幕线
疲惫地追赶，驱使记忆
走向童年的窄巷

走向一个戏剧
漫长的终结……

和那些多余的夏天
边缘露出的光刃做游戏
——割开每个夜晚
花朵般流血，星星般流脓

猎人没有迷失方向

仍然相信每一阵黑暗季风中
不能用眼睛看见的部分
仍然确信无疑

用脚步去丈量，用手去捏
——为永无消歇的雨的面孔
塑形；为变形又变形的雨
改变描绘它时所用的时态

脚步时缓时急，而水保持
平滑的流速。航向八月——
终有一场伟大的胜利
将把所见的裂隙弥合

我们睡在一起。八月之舟
雨密密织作凉篷
蝉弃命般嘶鸣所纺的纱线
轻轻拂向多余的死

2021 年 7 月 28 日

纸上人

嘴唇拥有记忆吗？黑夜里
无法勾勒你嘴唇轮廓的
那个吻

后来去过他乡。于是说起他乡的
泉，山之形，弹钢琴小女孩的身影
与诊所受损的石灰墙

变得轻松些了——当我
把一切倾吐出来，如贝类
在清水中整夜吐沙

当我
不得不每日体面地返回住所
如脱掉溜冰鞋恢复行走

忍耐郊区的死寂

和一种动情的

如同夏夜昆虫扑翅般的灰暗

攀上想象中的阁楼

查看锁在皮箱里的

一次争吵，和落日的

小幅肖像画

她肋部的降雪

仍然无时无刻不在填充——

凭凝视变得盎然的绿渊

给这阁楼安把锁吧

夜晚将再次把睡眠

领到火焰恍惚的影子中间

而我所找的那人呢？

那个在纸上不断成为其他人

在尚未成为秘密的事件中

流放的人

——在久未重访的故园

修补遗址的瓦垄

在图书馆角落一首无名诗中

掸扫字行间的积灰

2021 年 7 月 28 日

寻找远亲

今晚可能正在椅子上阅读《卡拉马佐夫兄弟》的
巴黎郊区的某人，在上述意义上，也许已经成了
我的一位远之又远的远方表亲。

——约翰·伯格《本托的素描簿》（黄华侨译）

晚风里读巴列霍

在洗衣机旁一边等一边读《马尔多罗之歌》

台风天读三浦紫苑，去年读的是陆茵茵

黄昏的巴士上读《心灵的科尼岛》

直到世界暗下来

在夜色深处读《失明症漫记》

出门旅行

去大理那次读了《蓝花》

去泉州则读了《抵达之谜》

就着巴赫无伴奏大提琴组曲

读《兰波评传》

睡着以后

继续把那本翻开的《梦中的

塞巴斯蒂安》读下去（是在梦中？）

去参加派对前读一读《派对恐惧症》

医院归来开始读《自杀式疗愈》

把读了一半的《遗忘通论》

遗忘在出租车上了

当我的朋友陈铁林给我电话时

恰好拿起那本已泛黄的《需要时，就给我电话》

世上如果有人，碰巧和我在差不多的时刻

读了同样的书，那你就是我的远亲

2021 年 7 月 29 日

抓痕

在两个梦之间游动
有时是几个月亮
使身影交叠

从生活中隐退
光时而敷在浆洗过的河上
蒙面之筏已漫游太久

有时蜘蛛网
就那样被撞破，整个覆住脸
更有双满是遗憾的手
在我身上使劲抓挠

小小的灰暗间奏
内心燃灶，投入那些
木段、哀叹、夏天的乐趣

深夜徒手剥下

树皮。把童年不再鸣响的

枯蝉，也投入火中

2021 年 8 月 3 日

生活问题

"下一步，打算怎么办？"
辞职后，黄昏这样向我发问
树身上的疤痕高我一头

"今晚有住处了吗？"
夜晚问我，在火车南站
脚步声紧咬着我，似要把我拦下

一位觉得面熟的人迎面而来：
"您还记得我吗？"
我在那双瞳孔里
找过去的身影

"你要走哪条路？"
出租车司机转头问
在每一个岔路口
在每一次拥堵时

"您是一个人吗？"

入住时，酒店前台询问

"你习惯一个人了吗？"

手机上还有个未回复的问题

担惊受怕的人已经睡去

阴天很快过渡到出太阳

在我的早餐与晚餐之间

我就在这些问题里生活

2021 年 8 月 29 日

快速路

讨论仍在进行，始于先前的争议
我并未卷入其中，甚至有些羞愧
没有加入任何一方，也并非保持中立

生活赋予我一种无法加入其中的痛苦
在朋友和朋友以外，痛苦
时常想要同我建立更牢固的友谊

水慢慢变浅，月光开始收缩
沉默吃掉——我开口
想要发出的声音

在快速路旁，悬空的车站
感到某种类似车辆一直一直
一闪而过的无形的东西
把我排除在世界的外面

2021 年 9 月 3 日

北京

可比性

远的依然很远

近的也未必更近

和昨日的消逝相比

今日的消逝更容易了些

事物之间必定存在

某种可比性，看书时偶尔走神

散步时却专注其中；远方

有时是不可抵达的小水洼

心灵则也可能成为

不断塌方的隔断

因此，我困惑于

长颈鹿之死与雾天的可比性

秋日与曲奇味道的可比性

洋甘菊与爱的可比性

2021 年 9 月 5 日

静水

在奥森散步

为孤独找件外衣

为排出体外的气息

找猎狐狸的人

探照灯的光线游弋

多次，短暂，不得不在某一点

停住，如含有犹豫的确定性

多么狡猾，一些变动的

焦点。也许出于渴望

在渴望中爱，在过度渴望中

爱过。越过深渊

此时眼前并非我们所寻找的河流

猫守在原地——当我们自深处

折返——仍紧盯着草丛的幽暗

话音被归入夜雾，在柔情

消退的一刻涌动，再次裹紧你

路灯光浮游。在这个瘦掉的晚上

步入公园别无选择，步幅忽大忽小

无论如何，在雨中折磨散步者的心灵

是有罪的

2021 年 9 月 5 日

静水，光的室内

事先成为别的人

当然可以。参加流亡者聚会

镜子中只有自己。做好准备

成为我自己。当然可以

成为撒向夜空的烟火

当然可以是风

可以是被虫咬过的果实

和不实的消息，当然可以拍照

成为滚入荒野的圆石头

当然可以转身

仍然在风景中爱你

风景是内心的遗物……

晚熟的村庄等待着

焦渴幽灵的拜访

只要钻入眼睛的砂石存在

只要作为易燃物的一小段回忆

依然存在。只要一次凝视

——在相机镜头中

来回旋转，轻柔地咬合

你的轮廓

现在，一张桌子冷冰冰的距离

永远的距离。我无法拥抱你

我无法在一支布满裂痕的歌奏起时

走向你微微晃动的影子

流动，某物在我们之间流动

几万吨的河流化为小溪

有那么几秒钟，乍现的灵光

把不属于彼此的我们

短暂地捕捉到同一个

光的室内

2021 年 9 月 6 日

初稿写于昨日

抛离

每次从人群退出来时

有一种深深的抛离感

总是突然，那孤寂的暗影

从身后抓住我

拧我的背，连番追问：

你为什么如此清醒？为什么

仿佛你刚刚并没有在那里？

是的，也许……

我缺席了更多时刻。如同此刻

没有浪潮从我体内消退

没有不和谐的音乐突兀地奏响

余下只有静默，该死的回家的长路

朋友们都住在远方

我痛恨这孤寂

这无法抛离的重物

死死把我拖缠

痛恨身体无法承受

那也许能使我感到轻盈

或飞升逃逸的东西

风突然就大了起来

在某个路口我不得不停下

甚至疑心

正是那日益喧嚣的孤寂

使我得以活到今天

2021 年 9 月 12 日

给表妹

天使们，让我们去甜品站
复购一点儿甜蜜；像把黄油
均匀地抹上，把痛苦缓缓切入的感受
分给每一夜，把失望的表皮
烤至酥脆，坠地即成粉碎

当一首歌放完，就有一座
小小的深渊——揭示你与世界的关联
像与车厢之间的空隙广播总提醒你注意
别把秋天别在腰上跳舞
可以想象那是多么危险

而爱情总是属于别的树
别的窗户，属于今日你虹膜上的铁锈
也属于被末班地铁带回家的
全城的托尼、屠夫和雀跃的小爱人

2021 年 9 月 16 日

蛛网

终日吐丝而魂气殆尽
游走而叹，晚霞绮丽之不可考
未回复信息之不可考

耗费时日织就薄薄一张小网
晃悠悠颤巍巍在世上
一扯即破落

秋日傍晚衔着金黄色的喧响
野猫躲开。街道的车辆、行人
流逝得过于匆忙

去青艹堂翻看一本黑白摄影集
拍摄于上世纪的上海
我认出一些地方

一些人也睁开惊恐的眼睛

透过那旧日的纸张

险些把我认出

2021 年 9 月 17 日

衡山路

和死神打电话

属于他的夏日漫长

任何时候，他都有空暇

任何时候，当你给他拨电话

他总会立刻接听

——就像他什么都不干

终日守着那甚至已被闲置许久

压在箱底吃灰的

老式拨盘电话机

有时，当他闷得慌

挨个给人们拨电话，号码簿摊开

——他从不看，只放任手指舞蹈般

随机拨转一个个数字

"别接，别接！"一个声音

在墙那边喊。某个深夜

当月亮被楼群遮在身后

电话铃声在一座空屋里久久回荡

他仍在拨转，有些拨给大嗓门

有些接通可怕的空旷。他拨转

像押数字的赌徒红着眼

他同时编码、竞猜和做决定

——几十年前，当那孩子

在吊扇喧响的掩护下，一遍遍

拨转号码盘，他死亡的序列已被记下

在县城之夏，大人昏睡的午后

2021 年 9 月 22 日

黄昏的出神

晚霞拖曳着一日最后的光

在天上涂鸦；厨室永远有人忙活

在这个时节，秋天常常把灵魂的薄饼

烤至焦脆。街道的长颈

拖动游荡者的身躯

在郊外，连日常也显现出神秘

空空的纸袋追着风夸夸其谈

每个夜晚，房子深处

满是受羞辱的发光物

碎玻璃，晶体管，作为模型的

大海和鱼缸里的像素鱼……

彼此超越如同戏仿

月光抽搐，以难以察觉的幅度

并通过树叶间的空隙

显现神迹。在——

受驱逐的游荡者

和他焰火般的心灵之间

我困倦的爱欲阵阵斑驳

2021 年 9 月 23 日

在影院

中途我睡着了

大概有几分钟

竟做了梦

——一块陆地漂浮

比之云朵更为轻盈

醒来时

托托和他的儿子以及一只会说话的乌鸦

仍在银幕白色的光芒中

迎面向我走来

大太阳,一丝荒芜

几分钟前的谈话似乎仍在继续

(只是我缺席了一小会儿,无碍)

有那么一下,我忽然恍惚了

我是在某人梦中吗?

是身在影像边缘

还是刚刚从冒着热气的短梦中

松脱出来?

抑或，安然坐陷于

不那么舒适的 14 排 4 座影院座椅

周围既坐满了人又空空如也

既喧响又静默

与此同时，很多年后的一个下午

当老后的我坐在院子里打盹

远远望见——

两个人，以及一只会说话的乌鸦

自一条长路的尽头

迎面向我走来

仍在向我走来

2021 年 10 月 24 日

艺海剧院

在临海的夜晚

躺在一副名叫过去的骸骨里

——童年某夜

临街的木床上

不愿过早入眠

耳朵吸纳车声

眼睛追捕光影

对多年后的情形毫无防备

——整晚，街道的车声

来来回回

轧着我

神游至一个梦边

看看里面有谁

游荡

又被什么赶了出来

——总有我不熟知的力量

如突起的石头

或海岸不知疲倦的风

把即将成形

又永不得成形之物瓦解

2021 年 10 月 30 日

台州临海

在突然陌生的黎明

在对我自己都感到陌生的黎明

看着你的字句，却觉恬屈

不再尝试为那园地松土

找出泥中的种子

不再以泪浇灌

原来，我的心已搁置许久

不再揣着那份爱

也意味着，困扰你的问题

不再令我寝食难安

使你痛苦的事情

与我的夜晚分流而行

爱就像昨天晚上还来做客的

一位客人，显然已不辞而别

（我的心怎可如此冷酷？）

门后的角落易积灰

抽屉里很少用到的小物件

常常遭遗忘。不知何时消退的爱

若流失总大于补给

也会失温而死

2021 年 11 月 5 日

忧伤速记员

一群鸟自天际飞过,他抬头数,一只、两只……
毫无疑问,其中有十一只略带忧伤;

在排队买海苔饼和等候领取咖啡的人中,他凭
老辣的火眼挑出了六位此刻忧伤的;

他用望远镜搜索,击穿二十九份争吵之后的落
寞,九起打斗后的狼藉,和十一个独自一人穿
街走巷的黯然身影;

对于这份工作,他已再得心应手不过,就好像
一位出色的验伤员,哪怕一个藏在裤腿里一厘
米见方的小淤青,也难逃他的眼睛;

一块石头,他确信——以他的经验来看,和别的
石头比起来是忧伤的;

那个在海风中跑远的年轻人,十分钟前的一匹

海浪，从同一棵古松身上坠落的五十六枚松针，是忧伤的；

小区里的一千四百二十扇窗户，有一百零五扇后面自有忧伤涌动；

动物园也需检视，他记下的包括：一头大象，一只孟加拉虎，一对长颈鹿，四只狒狒，八只火烈鸟，二十一只企鹅……

夜幕低垂，他走过那些刚刚还开着现在已紧闭的店铺，走过结束合练的小乐队，走过默不出声的水池，走过起初比他走得更快些的一群中学生，他低下头，在今日忧伤的总数上默默加上几笔，长吁一口气，闭上眼睛摸索回家。

是在一片摸不着边际的黑暗中，打开门，踢掉鞋子，在躺下前翻开刚刚合上的记录簿，最后加上他自己的那一份。

2021 年 11 月 5 日

为事物与我而作

事物在我们面前显现自己
便是显现真实

豆腐显现为豆腐
水闸里的鱼显现为
水闸里的鱼

待在自然里
和风和树木待在一起
就能更好地理解事物吗？

但我已无法改变
我无法成为那些树，草叶
或众多云朵中的一员

我弯腰，在河滩上
捡起一颗小石头

浑圆，光滑，寂静
带着似可供占卜的纹理

我捡起它，但为什么是它？
又为什么是我
从众多小石头中把它捡起

2021 年 10 月 4 日写于崇明

11 月 6 日改定

与魂灵做交换

我灵魂里住着个凶猛的人
他喝我的血，吃我的肉
与死后飘荡的众多鬼魂
结伴同行

总赶路在雨中，宿在风里
我无法违逆他
自然也找不到法子把他驱赶

他一天到晚睡
醒来时，就会摇我的躯干
舞乱我的四肢，让周围的人
觉得我十分可怕

他时常哼着小曲儿
要我把他揣在兜里出门闲逛
来来回回打门前的松树经过

在一些至为神秘的夜

松烟可以把喝醉的他召唤出来

在月色下显形，在河边踱足溜达

——是个十足的小矮子，醉得可不轻！

有一晚趁他醉得不省人事

我斗胆拿墨封了他的眼

拿十年陈的一个旧梦

给他搭了间秘密的屋子

我设法甩掉他，可怎么也不行

我设法扔开他，可怎么也不行

心急之下，就只好跳到他兜里

让他揣着我，在颠簸的世上摸索前行

2021 年 11 月 7 日

使房间保持完整

女人骑着下班的城市去找夜晚

小鸟骑着夜晚去找星星

我骑着星星去找黎明

窗边的花找太阳

沉默了整个下午的屋子

找杯碟碰撞的声音

风找破碎，雨找飘零

找我从未拥有之物

在颜色中找颜色

在厌倦后的转身里找方向

在霉湿的年代找人生的干燥剂

孤独又一次坐到我的身上

骑着我，在厨房走进走出

找冰糖，找黄油找盐

找使房间保持完整的昏暗光线

2021 年 11 月 12 日

抓住梦

那时我在十六岁一场细细的雨里做梦
天蒙蒙亮，我伸手抓住了
那梦的一只脚

它喊疼于是扫动毛剌剌的尾巴
刺痛我脸颊，但我不肯松手
死命拽住那活生生的仙人掌
在长长的泥路上拖行

也许有几十里，也许过了几十分钟
那梦还有力气，它驾着风贴地飞行
像它原本所能做的那样

当我醒来，门外的雨声
跨过某种边界，在我的呼吸中坐定
在我皮肤上。浸入我，成为我

唯一的喜悦是醒来

就像死亡在另一个早晨扫雪

我发现我像一个哑巴突然出声那样

空手在无形的纸上描画那梦的形状

我穿衣，一件件，却愈加轻盈

我感到果核颤动，火山复活

我与许多个我重叠在一起

与嘴唇，与一双双流浪者的眼睛

我不说死亡，死亡说我

透过那些不定的眼睛我还看见

我胸前一道道深深的拖痕

如春天犁过大地的田垄

我的鼻尖，膝盖，脚背

沾满血之露水

与惊惧之泥巴

2021 年 11 月 13 日

小公园

更需要太阳的人

在树荫里避晒

搁置在 2013 年的小公园

更需要太阳的人

躲在残破的家里

正午，他在屠宰摊上剁肉

整个街区寂静如被烈日炙熟

树木纷纷从房子里探出长臂

树木肆意的生长只令我惊叹

领受那毒辣的阳光吧

生活在阴暗和潮湿里的人们

我在你们午睡的鼾声绵延间快步走着

我在你们窗后眼睛的监视下快步走着

没有脚步声

没有脚步声

一只野狗似乎从两个街区之外

就开始跟着我

慢一点，等汽车驶过

小心一点，等阵雨全落下

弃屋就不会坍塌

遗落的物件就会将记忆永存

多蔓的藤延缓雨的消亡

那个正午，太阳在迷路的巷弄里

找到我，我在一条死鱼的鳞片上

找到彩虹

2021 年 11 月 18 日

为作为绝唱的田林野葡萄酒而作

在那过去的年代里
疏于管理的野葡萄藤
招摇地伸出墙外，钻过
铁丝网之空隙往外舒展
并垂下累累果实

经过时，大妍指给我看
说她采了些回去
酿成野葡萄酒

后来当他们发现，或在墙里惊叹
——那野葡萄树竟对墙外的人
如此慷慨！分文不取
便献上娇滴滴的果实
他们便毁了那老藤
他们当然不允许这样的事发生

他们也想象不出那野葡萄酒的滋味

如何在密闭中变幻、摇曳

并最终酿成

——因从隔绝中出逃

而染上一丝野蛮气息

因生长的原始需求

而比人类晒过更多太阳

吸收过更多雨水

野葡萄酒已成绝唱

只因他们不允许这样的事发生

2021 年 11 月 19 日

八月的星期天

八月的星期天会有什么事发生？
海啸，沙鸣，泥石流
亲爱的诗人悄然离开

最小的河
悄然离开

苍蝇在南半球的窗上搓手
一位僧人在院中耙沙
你去诊所矫正牙型

总有尽头。生活
已是两样

无论你正读莫迪亚诺
还是刚从一个事故中逃离

还是安坐床沿，一件件
把衣物叠放码齐

树木会听，会看会生长
但尚未像人那样思辨
雨也不会追忆

阴天有阴天之歌
心跳是至深的节拍
在一切变得更旧之前

无论你是在旧大楼前吸烟
还是刚刚把心缝好

无论你是在办公室挠头改稿
还是和心爱的人
一起听着勃拉姆斯……

无论你是走在大街上
还是在纸上写下一行诗

生活已是两样

2021 年 11 月 23 日 *

为隐藏内心的人而作

他们认出了我，就像认出
地衣，响铃和野葡萄藤

在约谈过林边的群鸟之后
在细致地拷问过水流之后
他们认出鱼分别是哪种鱼

在那矮松身上
你有没有认出
一头猛兽蹲踞的形廓
或一个踽踽者漫长的愁思

他们认出了我，也认出我的同类
——我夜夜歌颂的，使我感到
疲倦，悲伤，尤其使我
感到孤独的同类

今夜我不再将他们歌颂

尽管没有人再来伤害我

雨箭之哀诉密集地落在

松针铺满的草地

他们很快认出了我，就像认出

杂色中的苍白，就像认出

鸽哨，啄木鸟，灯芯草

和整晚听勃拉姆斯的人

午夜我追击，身陷梦的沼泽

那窃听者拥有更多影子

它们扒着他的肩

自童年赶路至此

做孤松吧，当被认出

不畏暴雪，度过漫长的

几个世纪的冬日

做高空的狂风吧，当被认出

请不要客气，把荒野

当作自己的家

向空洞与无物致辞——

请！安静地穿越

迷雾的自助餐

2021 年 11 月 29 日

在奥森找瀑布

夏天的时候，我曾
在奥森找一个瀑布

起初在地图上，我发现它
就在奥森公园的心脏位置
在一系列河道
与小小的湖泊之间

我不由得快步走
在椭圆步道上，我的身体
也随之微微倾斜，迂回着
向圆心慢慢靠近

庞杂的树高高低低
好歹留出一条小径
我如溪涧的鸟
跳到几块大石头上

——在八月的正午被烈日暴晒

而显现出枯黄的大石头

我确认它的位置

我确认它就在我眼前

凝视这无水之瀑

我久久谛听它的声响

我想我找到了世界上

一个过于沉默的瀑布

2021 年 12 月 5 日

请，先生

我与我无可挽回的错误

坐在一个会议室里开会

我与我的言行一同默哀

我将心头刮下的铁锈

和烟灰弹到同一个烟灰缸里去

我与巨大的谎言（不仅仅是我的）

关在同一副囚笼之中

谎言，那块干巴巴的腌肉

已忍受我很久

很久没有决斗了，我容许

涨潮的我与落潮的我待在一起

外面天总是很快就

黑下来，像巨大的铁

压下来，把大地熨平

航行至此，我疲倦的身躯

早已容得下两个颠簸的灵魂

一个为生计备感焦灼

一个渴望那些并不属于我的东西

一个在冬天找火、烤火

一个深夜起身，到处找水喝

把死掉的小动物埋到小树林里

把那封邮件写完，等石头裸露出来

把秘密封存。还有发生很久的事情

应当遗忘，应当放下手中的烙铁

和仍然拥有的某段回忆

让风通过，如旅人

徐徐涉过房间，如衬衫

沥干水分，在阳台轻轻摆动

"需要为您指路吗，先生？"

"需不需要给出一点提示，先生？"

"这里需要插播一条新闻，先生。"

"请听好，先生。"

"没有第二次机会了，先生。"

"路太窄，请卸掉一个，让另一个通过，先生。"

"好的，先生。"

"请，先生。"

2021 年 12 月 5 日

小航海日志

一侧就是深渊

一侧是航海家

较远的贝类闭合好似家的静默

快捷的家，连锁的家

在郊区的雾中

煮速食面吃

装修队的小协奏曲里

夕光摇摆着进屋了

天黑前出门

去买一把闪电

和一束球花

捎一份粮给街角猫

告别过于漫长

问候则狎昵

避人，点播动物园孔雀

一切真实可以透过水

于是给诗焯水

静置沥干备用

2021 年 12 月 7 日

269

新年快乐，写诗的人

有时，当他步行

他在空气中写诗

指尖轻移，拽紧又松开

时而交叉，如在空气中画十字

有时，当他被一股无形之力

猛地推开，推下渊谷

他以坠落之惊骇写诗

有时，他在病榻上写诗

咳出词语，在月亮的注视下

感到冬夜的句子

与身体分担虚脱

有时，在沉船里

在铁锈的深红中他写诗

他写恐惧，写无可名状的幽灵暗影

当他步入松林，在彻底向他敞开的
一块空地，他写诗
写松针坠落
写鸟飞离树枝的神姿

当他感到充盈自在
当他漫步于狂风中
当他慢下来，与草木对话
当他抓住最后一缕夕光
当他埋首清泉，濯洗心灵的污浊
他写诗

他写诗——
为生活中可说与不可说而写诗
他写喧嚣，写城市的整个寂静

他写死亡
死亡在另一边写他

在闹市，在荒凉的地界

在忽然的乡愁中

在令他感到眩晕的强光中

在蜂鸟每秒五十次的振翅中

他写诗

濒临枯竭时

他以无言写诗

经一切懊恼、焦灼、绝望

失眠、痴迷与妒火

他写诗

当他从琐事里脱身

当他学会推辞

当他祝福

他写诗

一切诱他写

就像同时诱他

步入模糊与清晰

日与夜，无数分叉的小径

写偶然之诗

也写必然之诗

写遗忘

也写希望

新年快乐，写诗的人

2021 年 12 月 17 日

做给过去一刀的人

——给芦田家员外

不要做荒地的游魂

做峭岩上的锋刃

割开冷风，不怕那夜夜吹袭

不要做长明灯

要忽明忽暗

懂得在黑暗里休息

不要做彻夜熟眠的人

要起身察看雪的踪迹

月色如何把波光摇匀

不要做一无所爱之人

也不要片面地

只爱一人，一事，一物

不要永远做观众

274

做汗津津的舞者
做可以丢却原本角色的人

不要做永远都合群的人
做异见者，做一会儿孤松
独自度过漫长冬日

做相聚也做别离
做欢颜，也做愁容
远近，迟早，每夜的浓与淡

不要做擦得锃亮的水晶挂饰
做银杯，陶罐，散落的卷帙
保留年月的印痕

做给过去一刀的人
哪怕独自步入草木之深
那里或许有冷泉，濯泥洗目
有群星的萤火，在银河溪谷

2021 年 12 月 24 日

两次告别

预感的钟摆诉诸无常
我等着雨，寒潮在夏天过后很久
才来临。我等着身体的一部分
紧随不属于我的消弭而消弭

但寺庙的撞钟声我听过
只是问谛。睁大眼睛在风中瞪视
纸在炉膛里喂饱冷却的火焰

我听见更远的脚步声走近
又一次走远。在空旷的天地间
暴雪织乱我的视线
找出冬日阳光的空隙
残酷地扑向我与田野

狂风的嬉戏不可认真以待
铁皮屋子在夜里的呼号

将锁定我记忆中

始终游移的那一部分

羊黯淡的咩叫

生命的旅途驻留今夜

睡魔驱赶着我

在夜里四处奔波

父亲的鼾声托举着我

其中有一种寂静舔舐着我

我就像隔着十年，二十年……

我隔着无尽的年份聆听

领土之外长河的水声

与长河上帆影破碎的声息

2021 年 12 月 26 日

277

人间信使

我只是个平淡无奇的旅行者啊
当我在那个略显老旧的招待所
遇到你的时候
可以为你唱一支歌吗？

在我的歌声里，你可听见
古老的钟声，或流经你故乡
那条河上幽暗的夜船之音？

候鸟也不会在此地久留
岁月待你可算温柔？当你坐下
凝视阳光打在一束已死的花上

来，取下我腿上绑着的纸条吧
那是不知道谁，又为了什么
让我捎来给你的讯息

2021 年 12 月 27 日

困兽之变

那灰暗的铁笼中囚禁着
曾被命名为"我"的一头困兽
每至黎明，便从无止歇的
暴风中消停片刻

属于"我"的另外一小部分
被闪光灯捕获
被也用作钉死谎言的钉子
钉死在旧日的墙上

总是在痛饮之后
他们倒向彼此，如草场上
紧挨着的草，显得忠诚
而融洽，不失温驯与风度

而夜幕的倒刺拔除
如那些死星呼啸着

划过幽暗的面颊

在有什么东西嘤泣着的
暗房里，你看见那一切了吗？
抑或，你也曾梦见过
比那荒凉的图像？

我们在一所破败的房子前抽烟
我们唱歌，我们赤身裸体
我们吃苹果，我们乘坐电梯
我们拷问那些如今已逃亡的人们

我们无法蜷缩在任何一种色彩里
只好为苍白献上炽烈的祷词
我们原谅了美德所伤害的
辜负了善心所期待的

日日夜夜追逐的猎物
正安静地待在原地
沉睡中的，又多少次要被唤醒？

2021 年 12 月 31 日

冬夜的萤火

许许多多过去的朋友
如溪谷的萤火

白日遁入光与尘的世界
夜晚潜行于草叶腹背
隐隐又现现

当想念久未再见的朋友
当想念已不在这世上的朋友

当凛冽的白雾撞上夜窗
在那窗上描画
谁的脸庞

我便动身
去往遗忘的溪谷之深

召唤小小的萤火

点燃冰窖般的

拱握的掌心

曾一起点亮过的那些夜晚

不是今夜。今夜虽漫长

又孤零，却也无妨

2021 年 12 月 31 日

诗：丝绒陨
画：九个妖

三行丝
41页

落雪压折手臂
我将惊扰
鹿的黄昏

3

人生啊
颤抖的夜车中熟睡过去的
悲喜乐团

收拾行李来
收拾行李去
天边旅客

□那一世的旅人
见我如霜雪
见我如星月

2

愿我弥留时
飘落的雪绒花
在我面容上久驻

47

心中的果实
慢慢熟成过重.
坠朽入泥

4

老了以后，会写
怎样的诗呢?这样想着
也就想要活下去了

45

在追赶快离站的巴士
与听完教堂钟声之间
选择了后者

6

归途列车上
想着渐远离人世
我热泪盈眶

43

梦之舟
枕着河流
我游动的故乡

42

雨大风肥
独自归家
此家是何家？

雨断雨续
小杏儿，冬枣，山竹
死蝇 🐛

40

9

独自坠入深海时
很想念
陆地上的生活

🦋阳台上咬开冻过的雪梨
虫鸣声
沁凉

38

11

老水手梦见童年的自己
在镜中舀水时
见到未来的航行

就像世上的两粒露水
不在同一片
荷叶上

加班完毕半夜
孤身前往
拉面店

冬天对大地做的事情
我在心底
对自己做过了

从大海里捡回来的
小树枝
比我漂得更远

纸做的夕阳
投入黑色火堆
天桥上的我构思这句诗

蝉身死
蝉声犹留
我亦以身外之声远游

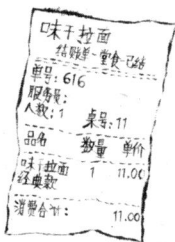

爱我的人
也弄丢了不少

热泪钻入烫沙滩

一杯两杯三四杯
独自饮着
窗口的夜风

你 我
两车追尾
需查验彼此损伤

窗户上的苍蝇
不为风暴所动
我亦不为所动

14

穿行于街市
与此刻想念的人
曾一同穿行的街市啊

16

夜里听远空
疏朗的小雷声
忽然忆故人

18

打开一个从未登录的账号
翻阅看多年前自己的发言
如偷记忆的贼

35

人当然也是一座迷宫
除了入口出口
还有种种死路与歧途

33

失手打碎一面镜子
捡拾
十几张脸

31

悲伤往事如群鸟
以其异常的白色
自公园幽隐的林梢闪现

暮野之秋野望
那久废的田地
似我的心，啊了无 收获

夜晚撕裂自己
白天又一次缝合
身披百衲衣

冬夜肌寒
以猫作暖炉
猫待我亦如是

投掷于虚空幻影
爱是回旋镖，看见的人
赋予它形状

拍一张照片发给你
此刻 我听见的蛙声
想让你也听见

20

实做的事很多
"在两场大雨之间出门"
是其中之一

22

冬之夜
我入地铁口
如沙入沙漏

24

泥泞呀小路
柔美黄昏呀郊野
独自一人徒步穿越

29

风狂 如作歌
描摹似谛听
陋室并窘窘 为小剧场

27

地铁站撞球游戏
人群四散
落入不同袋口

25